ロクでなし魔術講師と追想日誌 8

-メモリーレコード-

Memory records of bastard magic instructor

Memory records of bastard magic instructor

CONTENTS

第一話 もしもいつかの結婚生活 ——— 007

第二話 キノコ狩りの黙示録 ——— 063

第三話 貴女に捧ぐ物語 ——— 115

第四話 魔導探偵ロザリーの事件簿・虚栄編 ——— 169

第五話 再び会うその日まで ——— 225

あとがき ——— 333

「今日の撮影、お疲れ様、ルミア！」

「システィこそ」

とある服飾店でモデルのバイトを終えたシスティーナとルミアが着替えている。

「それにしても、ルミアのその服、本当に可愛かったわ！」

「システィも、すっごく可愛かったよ？」

「そうかな？　でもでも、ルミアの可愛さには負けちゃうなー？　なんかもう食べちゃいたいくらいっ！」

ふざけてルミアへ抱きつくシスティーナ。

「ひゃっ!?　システィ!?」

「うりうり、このこの～っ！　胸もおっきくて、肌もすべすべで、相変わらずルミアの身体は気持ちいいなぁ～っ!?」

「うひゃんっ！　あんっ！　だ、だめ……ッ！」

調子に乗ってルミアを押し倒すシスティーナ。システィーナにされるがままに悶えるルミア。

二人の少女達が悩ましくじゃれ合っていると――

がちゃ。

「おーい、お前ら、喜べ！　今日のバイト代だが、店長が特別に報酬に色をつけてくれる……って……」

グレンが入ってくる。

「「「あ」」」

硬直する三人。

グレンから見れば、システィーナとルミアがそういう関係でそういう行為に至っているとしか見えず……

「すまんっ！　べ、別に、俺はお前らがどういう関係だろうと否定しないからなっ!?　愛には色んな形があるもんなっ！　だから、お、お幸せになっ!?」

「ち、違うんです、先生これはぁあああーーッ!?」

「待って!?　待ってください、先生!?」

慌ててダッシュで逃げていくグレンを追いかけるわけにも行かず、システィーナとルミアの悲痛な叫びが

システィーナが先頭を行くリィエルが背負う背嚢を見つめる。それはシスティーナ達のものと比べて、明らかに二回り以上大きい。

「リィエル、それ、何が入っているの？」

「そ、そうだよね、この規模の山登りにしては、荷物多いよね……私も気になってたんだけど……」

すると、そんなシスティーナやルミアの疑問に、リィエルはいつも通りの無表情で答えた。

「ん。苺タルト」

「い、苺タルトって……まさか、それ全部!?」

「ん。魔術で潰れないようにしたし、きっと山の頂上で食べる苺タルトは美味しい」

すると、リィエルは無表情ながらも、どこか目をきらきらさせて、先へ歩き始める。

「ん。早く、苺タルト食べにいこう」

「うーん……目的が……」

「変わっちゃってるね……」

だが、システィーナとルミアは、顔を見合わせて苦笑いしつつも、楽しそうにリィエルの後を追うのであった。

ロクでなし魔術講師と追想日誌(メモリーレコード)8

羊 太郎

ファンタジア文庫

3072

口絵・本文イラスト　三嶋くろね

また、いつか会うその日まで……

ルミア＝ティンジェル

Memory records of bastard magic instructor

Character
アルベルト＝
フレイザー
帝国宮廷魔導士団特務分室所属。グレンの元同僚。帝国随一の狙撃手であり、戦闘から諜報まで多くの任務をこなす、すべてが超一線級の魔導士
グレン＝
レーダス
主人公。アルザーノ帝国魔術学院の魔術嫌いな魔術講師。何事もテキトーでやる気ゼロ、魔術師としても三流で、いい所まったくナシ。だが、本当の顔は――？

セリカ＝
アルフォネア
アルザーノ帝国魔術学院教授。若い容姿ながら、グレンの育ての親で魔術の師匠という謎の多い女性。グレンに対しては親バカな一面も
リィエル＝
レイフォード
帝国宮廷魔導士団特務分室所属。ルミアの護衛として、学院に編入してくるもなぜかグレンの背中ばかり追っている
システィーナ＝
フィーベル
「講師泣かせ」の二つ名を持つ生真面目な優等生。グレンのいい加減さが許せず、いつも叱りつけている様子は学院の名物になるほど
ルミア＝
ティンジェル
清楚で心優しい、誰からも好かれる人気者。一生懸命守ってくれるグレンのことを、ひたむきに慕っている。グレンとシスティーナの喧嘩ではよく仲裁役に

もしもいつかの結婚生活

The Married Life of Another Time

Memory records of bastard magic instructor

ゆさゆさ。ゆさゆさ。

身体にかかる心地よい揺れ。

「先生……起きてください、先生」

耳朶をくすぐる優しい少女の声。

「……ん……？」

安寧なる眠りの海から、ゆっくりと揺蕩う意識を浮上させたグレンが、瞼を薄らと開ける。

目を眩ませるは、柔らかな朝日。

頬を撫でるは、窓から吹き込む優しい風。

未だ胡乱なる意識の中、グレンが重たい瞼をのろのろと開く。

朝日の逆光の中、蜃気楼のようにぼやけた視界が、徐々に焦点を結像し、世界の有様を鮮明にしていく。

そして、その世界が結像した中心に——一人の少女がいた。

グレンの寝ていたベッドの傍らに佇み、日だまりのように暖かな微笑みを浮かべている。

「目は覚めましたか？　先生」

陽光に燦然と輝く小麦畑のような明るい金髪のその少女は——ルミア。

いつもの学院制服の上にエプロンを着けるといった装いのルミアが、グレンの身体に軽く手をついて、その顔を近付けていた。

「……ん……ああ……起きたぜ」

身体にかかる毛布をのけ、グレンがのそのそと身を起こす。

そんなグレンの様子を見たルミアはにっこりと笑って続けた。

「おはようございます、先生」

「お、おう……おはよう……」

「ふふ、朝食の準備がもうすぐできます。準備ができたら、下の食堂へいらしてくださいね？」

「お、おう……」

そうして、グレンを残して、ルミアが寝室から退室していく。

グレンはそんなルミアの後ろ姿を、どこか夢心地で見送るしかない。

起床したグレンは、寝間着からシャツとスラックスに着替え、いつものように学院へ出勤する準備を整える。

そして、洗面所で顔を洗い、髭を剃り、歯を磨いて……食堂へ向かう。

食堂内へと入った途端、ふわと良い匂いがグレンの鼻をくすぐった。

「あ、先生。良かった、ちょうど朝食の準備ができたところなんです」

「…………」

テーブルの上に並ぶ、焼きたてのパン、カリカリに焼いたベーコン、ふわふわのスクランブルエッグにチーズサラダ、オニオンスープ。

途端、空腹を思い出したグレンの腹がぐうと鳴る。

早速、グレンとルミアは、互いに向かい合うように席につき、朝食を摂り始める。

「どうですか？　先生。お口に合うでしょうか？」

「うん、美味え」

「そうですか、良かった」

二人で食事を摂りながらも、ルミアはグレンのコップへ搾りたてのオレンジジュースを注いでくれたり、サラダを取り分けてくれたりと、甲斐甲斐しく世話を焼いてくれる。

やがて朝食は終わり、学院へと出勤する時間がやって来る。

グレンは靴を履いて鞄を持ち、ローブをばさりと肩に羽織って、玄関から出て行こうとする。

――と、その時。

「あっ。先生、待ってください」

ルミアがささっとグレンへ近付き、身を寄せる。

「ふふっ。先生ったら、タイが少し曲がってますよ……うん、これでよし」

そして、優しい手つきでグレンのタイを直すと、ルミアは互いの吐息も感じられそうな至近距離からグレンを真っ直ぐ見上げる。

「それではいってらっしゃいませ、先生」

「お、おう……」

「私はその……少し時間を空けてから登校しますね？　その……今の私と先生の関係がバレちゃったら、大変ですからね……」

ほんのりと頬を染めて、気恥ずかしそうに目をそらすルミア。

でも、その口元は満更でもなさそうにやはり微笑んでいて……

「……お、おう……」

グレンは何かを誤魔化すように、外へと出て行くのであった。

そして――

学院へと向かう道中にて。

「……どうしてこうなった？」

グレンは人知れず、盛大な溜め息を吐くのであった——

——時は前後して。

三日前、放課後の帰り道にて。

「しっかし、こんなことってあるもんなんだなぁ」

「そ、そうですね……」

グレンの呆れたような言葉に、ルミアが曖昧に応じる。

「白猫が急遽、帝都で開かれた学会に参加。リィエルが急遽、軍務で召喚。セリカが急遽、遺跡調査の依頼を受けて出立……偶然とはいえ、よく重なるもんだ」

「システィの両親も相変わらず仕事で家を空けてますし……おかげで、今、フェジテにいるのは、私と先生の二人だけ……ちょっと寂しいですね」

「べ、別に寂しくはねーが」

憮然と応じるグレンに、ルミアがくすりと微笑む。

「まぁ、わりとすぐ終わる用事みたいなので、すぐにまた皆、帰ってきますよ。それまでの辛抱です、先生」

「ま、まぁ……そうなんだが。それよりも切実な問題があってな」

「なんですか？」

「セリカがいねーから家事がヤベぇ」

グレンがうんざりしたようにぼやき、肩を落とした。

「や、できなくはないんだがな……やっぱ毎日やるのが大変だぜ。特に食事がな。俺は基本、皿洗い専門だし」

「あ、やっぱりそうですよね」

「はぁ〜、こういう時、なぜか弁当を作ってくれる白猫もいねーし……外食で済まそうにも金がねぇ。俺のお粗末な腕じゃ、お手伝い妖精も召喚契約できねーし……こりゃセリカ達が帰ってくるまで大変だ……」

そんな風にグレンが嘆いていると。

「あ、あの……ッ！」

ルミアが何かを提案しかけて、慌てて口を噤む。

「ん？　どうした？」

「…………」

徐々に高鳴っていく己の心臓の音を聞きながら、ルミアが自問する。

（そ、それは少し大胆過ぎない？　それに、私はシスティの気持ちも知ってるし、最近はリィエルだって、きっと先生のことを……そんな二人がいない時にそれをやろうだなんて、ちょっと抜け駆けが過ぎない？　二人に悪いよ、そんなの……で、でも……）

ルミアがそんな風に顔を真っ赤にして、どぎまぎしていると。

「ふふっ！　貴女が色々と遠慮して一歩を踏み出せないことは、お見通しでしたよ？　エルミアナ」

不意に、一人の貴婦人がルミア達の前に、しゃなりと現れる。

その人物の正体は——

「お、おおお、お母さん⁉」

「じょ、女王陛下ぁああああああああああああ——ッ⁉」

なんと、アルザーノ帝国国家元首、アリシア七世女王陛下であった。

「えええええ⁉　ナンデ⁉　なぜに陛下がここに⁉　いえ、すんません、ご、ごごご、ご機嫌麗しゅうございます陛下、本日はお日柄も——」

慌てて立て膝をつき、グレンが平伏し始める。

「顔を上げてくださいな。今の私は帝国の一市民、アリシアですよ」

「そうです。本日、陛下はお忍びでここフェジテへと出向かれたのですよ」

いつの間にか、アリシアに影のように付き従っていた少年——帝国宮廷魔導士団特務分室、執行官ナンバー5《法皇》のクリストフが穏やかに言った。

「お久しぶりです、先輩」

「クリストフ⁉　てめぇ、こりゃどういうこった⁉」

「陛下のご下命に従い、僕が陛下をここまでお連れしたのです」

「はぁ⁉」

「王宮には帝国軍が厳重な警備を布いていますが……まぁ、僕の結界術の敵じゃありません。目を欺くのは簡単でした。あははっ、今頃、エドワルド卿が半狂乱の大騒ぎでしょうね」

「お前、止めろよ、陛下を⁉」

「そんな、先輩……僕には陛下の命令に逆らうなんて、とても。陛下のご意志にそえないくらいならば、腹を切って死にますよ」

「お前ってやつは……ッ！」

クリストフは女王への忠誠厚き忠臣であることで有名だが、それが少々行き過ぎる困った部分があることを、グレンは思い出していた。

「それはさておき、エルミアナ」

こほんとアリシアが咳払いをし、ルミアへと向き直る。

「まったく……貴女は一体、何をやっているのですか？」

「え？」

「こんなチャンスを前に――ではなくて、こほん！　グレンが一人暮らしで色々不自由をしている時、なぜ、貴女は手をこまねいているのです？」

「あれ？　どうしてお母さんが、今の先生が一人だということを知っているんですか？」

「それは、システィーナやリィエル、セリカが家を空けるよう、裏で手を回したのは私――こほんこほん！」

なぜかやたら咳払いをしつつ、アリシアが続ける。

「とにかくです。今やグレンはこの帝国の英雄的人物。そのような御方に不自由な生活をさせるなど、帝国王家の恥なのです。

そこでエルミアナ……しばらくの間、貴女が住み込みで彼の身の回りの世話を献身的に務めるのです」

「えっ⁉」

「いいですか？　住み込みですよ？　住み込み！　これは、アルザーノ帝国女王としての勅命です！」

「ぇえええええ――っ!?」

顔を真っ赤にして目をぱちくりさせるしかないルミア。

なぜそうなるのかてんでわからないグレンもただ唖然とするしかない。

そして、静かなる嵐そのもののアリシアが、ルミアにそっと耳打ちする。

「……チャンスですよ、エルミアナ」

「ふぇっ!?」

「手紙で読んでますが……貴女ったらちっともグレンとの仲が進展しないんですもの」

「お、おおお、お母さん!?」

「ちなみに、いつの時代も殿方は既成事実に弱いですから……ふふ、頑張りなさいね?」

「だ、だだだ、だからっ！　な、何を言って――ッ!?」

「というわけで後は任せました！」

言いたいことを一方的に告げて、アリシアがぴゅーっと去っていく。

「それでは良き時間を。二人とも」

クリストフも優雅に一礼して、アリシアを素早く追いかけ消える。

「…………」

「…………」

残された二人は、しばらくの間、呆然とアリシア達が消えていった方向を眺めていたが。

「ええと、その……そういうわけで……しばらくの間、私が先生の身の回りのお世話をしますね……」

「そ、そうだな……女王陛下直々の命令じゃ、しょうがないよな……」

「はい、女王陛下直々の命令なら、仕方ないですね……」

そんなことを呟き合って。

甘酸っぱくも気まずい……なんとも言えない、空気でやり取りされる。

こうして、グレンとルミアの一時的な同棲生活が始まったのであった。


──そして、そんなこんなで。

グレンがルミアと一つ屋根の下で生活する日々が過ぎていき。

二人で過ごす最初の休日がやってくる。

「その、なんだ……すまねえな」

晴れた正午、アルフォネア邸の庭先で、ルミアがシーツや洗濯物を干していると、グレンが申し訳なさそうに言った。

「何がですか？」

グレンのシャツの皺を伸ばしつつ広げながら振り返る。

本日は学校が休みなので、ルミアの姿はカジュアルなコルセットドレスの上に、やはり様々な家事作業のためのエプロンを着用している。

このエプロンが奇妙にルミアを大人びさせ、その後ろ姿に不思議な色香を演出していた。

「いや、そのなんだ……？　お前だって色々忙しいだろうに、陛下の命令とはいえ、こんな俺の世話を焼かせちまってよ」

どうにも気恥ずかしいグレンが、少し目を逸らしがちにぼやく。

「ふふっ、ひょっとして気にされていたんですか？　いいんですよ、先生」

ルミアが朗らかに応じる。

「だって、私も今は家で一人で……家事は全部、私だけでやらないといけないところだったんです」

フィーベル邸に召喚されている家事のお手伝い妖精は、契約しているフィーベル家の血統の者がいないと働いてくれない……そういう存在だ。

「だから、一人が二人に増えてもそんなに変わらないんですよ？」

「いや、でもしかしな、確実に負担は増えるわけで……」

「ううん……私はむしろ助かっていますよ？　だって、先生は買い物とか、皿洗いとか、浴室の掃除とかは引き受けてくださってますよね？」

「そりゃまぁ……そーゆー、大雑把な仕事くらいはな……」

「でも、そういう仕事は、女の私一人だと大変ですから。それに、やっぱり一人は寂しいですし、頼れる人と一緒に暮らせるのは安心しますし」

にっこりと屈託なく笑うルミア。

「だから、先生は何の気兼ねもなく、私にお世話されてくださいね？」

「そ、そうか……お前がそう言ってくれるなら……その、ありがとうな」

「いえいえ」

そうして、どこかご機嫌なルミアがシャツの皺を軽く引っ張って、伸ばす。

ぱん、ぱん、と小気味よい音を何度か立てたところで、何を思ったのかルミアは再び手を止め、グレンを悪戯っぽい表情で振り返った。

「あ、でも、先生。こうやって一緒に暮らしていると……私達ってなんだか新婚さんみたいですよね？」

「おいおい……」

そんなルミアの言葉に、グレンは特に動揺することもなく、頭を掻きながらぼやく。

「ったく……あんまり、俺をからかわないでくれよ、ルミア」

「ふふっ、ごめんなさい、先生」

　ぺろっと舌を出し、ルミアは洗濯物を干す作業を再開する。

「あー、あんま邪魔しちゃ悪いな。俺もこれから、ちょっと自室で作業するわ。明日の授業に使う資料を纏めようと思ってな……」

「あ、はい、わかりました。後で紅茶を淹れて持っていきます。他にも何かご用命があれば、いつでも呼んでくださいね？」

「おう。あんがとな」

　そう言って。

　グレンが去って行く。

「…………」

　グレンの姿が消えた後。

　ルミアはしばらくの間、無言で淡々と作業を続けていたが。

　ばっ！

　突然、干そうとしていたシーツを頭に被る。

　そのシーツの下に隠された顔は、真っ赤に火照っていた。

（も、もうっ！　わ、私ったら調子に乗って、一体、何を言ってるの⁉　わ、私と先生が、し、新婚さんみたいだなんて⁉）

　心臓は激しくバクバクと高鳴り、頭はぐらぐらに茹だって、今にも湯気が立ちそうに思えた。

（ルミア、ダメだよ！　浮かれちゃダメ！　これはお母さんの……陛下の勅命……私に課せられた大事な仕事なの！　そんな浮ついた気分じゃダメだって！　もっときちんとした心持ちで、先生のお世話をしなきゃ！）

　ルミアは深呼吸で高鳴る鼓動を落ち着かせようとする。が、どうにも上手くいきそうにない。

　なぜなら、きちんとグレンの身の回りの世話をしようと、意識すればするほど、母アリシアの去り際の耳打ちが頭の中をぐるぐると駆け巡るのだ。

　──貴女ったらちっともグレンとの仲が進展しないんですもの──

　──ちなみに、いつの時代も殿方は既成事実に弱いですから……ふふ、頑張りなさいね？──

「もう、お母さんったら……」

考えてみれば、もの凄い爆弾を置いていってくれたものだ。

「ま、まぁ……既成事実うんぬんは、置いておいて……」

ようやく顔の火照りがある程度収まって、ルミアがもそもそとシーツから顔を出す。

「でも、私が先生との距離を、いまいち詰められていないのは、事実……だよね……」

そして、溜め息一つ。

そう、それが最近のルミアの悩みでもあった。

それが、密かに母親とやり取りしている手紙にも、思わず滲み出てしまったらしい。

となれば、この事態を招いたのはルミア自身のせい……とも言えなくはない。

そして、なぜ自分はグレンとの距離を詰められないのか？

それはシスティーナやリィエルに遠慮があるというよりも、むしろ——

「結局、先生にとって、私はまだ生徒……子供なんだよね……」

つまり、色恋沙汰の土俵に立っていない……そういうことだ。

最近、学院にやって来たイヴに対し危機感を覚えたのもそれが大きい。

なんだかんだで、イヴはグレンに釣り合う大人の女性なのだから。

「いつまでも、このままじゃいられない……先生に子供だって思われ続けるわけにはいかない……よね」

だったら、どうするべきか？

「ちょっとだけ背伸びして……システィ達が帰ってくるまでの間だけでも、先生のお嫁さん役を務めてみよう……ひょっとしたら先生も、私を女性として見てくれるようになるかもしれないし……うん、頑張るよ、お母さん」

折角、母親が作ってくれたチャンスなのだ。

ここは素直に乗っかって、もう自分は子供じゃない……そうグレンに気付いてもらおうと努力することを、ルミアは静かに決意するのであった――

「ふぅ～、なんとか明日からの授業の準備も終わった……ったく、案外、俺って真面目に教師やってるよなぁ」

作業を終えたグレンが自室から出て階段を下り、階下へと向かう。

気付けば、時分は夕方だ。

「さすがに腹が減ってきたな～、……ん？」

空腹を感じるグレンが、ふと階下から漂ってくる、えも言われぬ芳香に鼻をひくつかせる。

「な、なんだ？　この美味そうな匂いは……厨房か？」

匂いに誘われるように、グレンが厨房へと足を運ぶと──

「！」

「～♪」

──そこでは、ルミアが調理台に向かって、ご機嫌そうにハミングしながら料理をしていた。

傍らの調理用ストーブには石炭が赤々と燃えており、その上に大きな鍋がかけられて、コトコトと中の物が煮えている。

そして、調理台で具材を細かく切り終えたルミアが、包丁に具材を載せ、そっと鍋の中へと落とし込んだ。

「………………」

思わずグレンが息を呑む。

調理台に向かうルミアの横顔に目が釘付けになる。

なんだろうか？　性的な妖艶さを主張する部分など何一つありはしないというのに、エプロンを着けて真摯に料理に向き合うその姿には、なぜか不思議な色香が漂っており、いつもよりも大人びて見えた。

「あ、先生？　お仕事終わりましたか？」

すると、丁度グレンが来たことに気付いたのか、ルミアがグレンを振り返って朗らかに笑った。

「お、おう……」

なぜか、どぎまぎしてしまうグレン。

「今夜はシチューですよ？　もうしばらくかかりますので……すみません、もう少し待っててくださいね？」

「いや、それはまったく構わないんだが……うーむ……」

「どうしたんですか？　私に何かついていますか？」

「いや、何。最近、俺、帰りが遅かったから、ルミアがこうして料理をしている姿を見るのは初めてなんだが……お前、すっげえ手慣れているのな。女って皆そうなのか？」

「うーん……どうでしょうか？　他の子がどうかはわかりませんが……私はたくさん練習しましたから」

「練習？」

「ほら？　先生も覚えてませんか？　以前、私が先生にお弁当を作ってあげた時、私ったら砂糖と塩を間違えてしまって……」

「ああ、あったなぁ。あのミートパイは新食感だった」

グレンとルミアが苦笑いし合う。

「私、あれからもずっと、コツコツと料理の練習は続けてたんです」

「それは凄えな。なるほど、継続は力ってやつか」

「ほら？　やっぱり私も女の子ですから……いつかこういう技術が必要になる時が来るかも……ですからね？」

「…………」

すると、グレンがほんの僅かな間だけ押し黙り。

「……まぁ、確かにな」

頭を掻きながらぼやいた。

「かぁ～っ！　美人で気立てが良くて、優しくて働き者で、おまけに料理までできる……か。将来、お前を娶る野郎が羨ましいな、こりゃ。羨ましすぎてブン殴ってやりてぇぜ」

「ふふっ、またまた先生ったら。そんなことを言っていたら、ひょっとしたら、ご自分を殴る羽目になるかもしれませんよ？」

「ど、どういう意味だよ……？」

「ふふっ、さぁ？　どういう意味でしょうか？」

ルミアは意味深なことを言って悪戯っぽく笑い、再び調理台へ向かう。

ストーブの上でコトコト煮えている鍋の中身をお玉でかき回しつつ、塩胡椒、各種香料を摘まみ入れていく。

途端、いっそう香りが高くなり、

「じゃ、邪魔しちゃ悪いな……」

なんとも言えない気まずさを覚えたグレンがくるりと踵を返し、そそくさと出て行くのであった。

「お、俺、風呂掃除してくるわ」

「はーい、よろしくお願いします」

グレンが去って行く。

そして、完全にグレンの気配が遠くなったことを感じたルミアは、思わず小さくガッツポーズをしていた。

「ふふ。先生、驚いてたな……よし」

実はこの展開は、ルミアの作戦であった。

グレンに、料理する自分の姿を見てもらう……そのために、空腹になったグレンが思わず引き寄せられ、やって来てしまうような香り高い料理……シチューを選択したのだ。

「うーん……ちょっと、ずるかったかなぁ……？　でも……」

これで少しは、自分を女性だと意識してくれただろうか？

もしそうだとしたら、今まで培った料理技術を総動員し、腕によりをかけて作った甲斐があるというものだ。

「ううん、まだだよルミア。まだ油断しちゃ駄目。ここは本当に美味しいシチューに仕上げて、先生をもっとびっくりさせるの。

そうしたら、先生も少しは意識してくれるはず……将来、自分の隣に私がいるという日常を……よし！」

ルミアはぐっと拳を握りしめ、気合いを入れ直す。心の中の浮ついた気分を払拭する。

なにせ、シチューはここからなのだ。

煮込み、アク取り、味の微調整……ここからの仕上げを間違えては、すぐに味はぐずぐずに崩れてしまう。

「さぁ、頑張ろう」

そう呟いて。

ルミアは再び調理に集中するのであった——

——一方その頃。

「しっかし、ルミアのやつ……なんかやけに気合いが入ってるな」

グレンがぼやきながら浴室へと向かい、廊下を歩いている。

正直、ルミアが来てからこっち、どうにも気まずく気恥ずかしい。

「はぁ～、やれやれ。いや、別に嫌ってわけじゃねーし、むしろ……だが、なぁ？　うーん……」

グレンがこの悶々とした気分の正体をぼんやりと考えていると。

かん、かん、かん。

邸内に叩き金の音が鳴り響いていた。

「……ん？　客か？　誰だよ？　面倒臭えなぁ……」

だが、無視するわけにもいくまい。

グレンが溜め息を吐きながら、玄関広間へと向かい、表玄関の扉を開く。

がちゃり。

「えーと、どちら様──……」

「…………」

「って、イヴぅううう⁉」

なんと、来客はイヴであった。

タイトスカートとブラウスの私服姿のイヴが、なぜかやたら不機嫌そうな仏頂面(ぶっちょうづら)でそこに立っていたのだ。

「ちょ、お前がなんでここに⁉」

「邪魔するわ」

ずいっと。

イヴが驚くグレンを押しのけ、邸内に入ってくる。

その腕はなぜか大きな紙袋を抱えており、中にはジャガ芋やトマト、ベーコン、人参(にんじん)、缶詰などの各種食材が詰まっている。

「な、なんだよ⁉ いきなり家の中に入って押しかけてきて不躾(ぶしつけ)に⁉」

正直に言って、あまり家の中に入って欲しくない。

今、この家にはルミアがいるのだ。見つかったら、自分が社会的にエラいことになるのは目に見えている。

だが、そんなグレンへ絶望を突きつけるように──

「アルフォネア教授達が外出して十日……どうせ、だらしない貴方のことだわ。まともなもの、食べてないんでしょう？」

「……は？」

「仕方ないから、休日の今日くらい作ってあげるわよ……私が」

「はぁああああああああああああああああああああ──ッ⁉」

──イヴがそんなことを言いだし、グレンが素っ頓狂な声を上げた。

「言っておくけど、勘違いはやめてよね？　貴方は二組の担任で、私は事実上、その副担任みたいな立場。貴方に倒れられたら、こっちにしわ寄せが来て迷惑だから、それだけよ」

つん、と紙袋を抱えて、そっぽを向くイヴ。

「ほら。さっさと厨房へ案内なさい」

（じょ、じょじょじょ冗談じゃねえぞぉ⁉　今、厨房にはルミアがいるんだぞ⁉　もし、見つかったら──）

そんなグレンの内心など露知らず。

「厨房はこっち？」

イヴは遠慮なく、ずかずかと屋敷の奥へと向かっていく……

「や、ヤバい!?」

最早、バッティングは避けられない……そう悟ったグレンは叫んだ。

「ちゅ、厨房はそっちじゃねえぞぉおおおおおおお――ッ!?　イヴぅううううううううううう――ッ！」

「な――ッ!?」

グレンの叫びが屋敷中に響き渡る。

「いきなりうるさいわね!?　そんな大声出さなくても聞こえるわよ!?」

「おう……わ、悪いな……」

だが、イヴの相手もそこそこに、グレンはルミアへと思いを馳せる。

（た、多分、聞こえたよな？　ルミアのやつ、上手く隠れてくれるといいんだが……ッ!?）

そして、グレンは心の中で手を合わせながら、ズカズカと勝手に進んでいくイヴを追いかけるのであった。

まぁ、さすがに聡く要領の良いルミアといったところか。

厨房にその姿はなく、あのシチューの鍋もどこかに片付けられていた。

だが、やはり時間が足りなかったのだろう。

調理台の上には切りかけの野菜が並んでいたり、調理用ストーブには未だ火が入りっぱなしだが……これは仕方ないことだろう。

グレンが誤魔化すしかない。

「何？　貴方、ひょっとして料理でもしようとしてたの？」

「そ、そそそ、そうなんだよ！」

「ふん……でも、だらしない貴方のこと。どーせ、大した料理なんて作れないでしょうけど」

「ま、まあな！　でも、お前もどっちかって言うと、メシマズだろ⁉」

「違うわよ。私はいつも変な工夫をしようとして失敗してるだけ。レシピ通りにやれば大丈夫なはずだわ」

「本当かぁ⁉」

「ええ、本当よ。だって、私が子供の頃、姉によく料理を振る舞っていたけど、姉はいつも泣いて喜んでいたもの」

「お姉様のその涙の意味を、俺は知りたい！」

「何言ってるの？　まぁいいわ。さっそく料理始めるから、どいて。そこに居ると危ないわよ」

「とりあえずね、イヴ＝サン！　包丁はそうやって両手で剣を持つように構える物じゃないよ⁉　って、おい、この奇妙な物体Xはなんだ⁉」

グレンは調理台に置かれた紙袋の中に見えた、名状し難きナニカを指さし、真っ青になって叫ぶ。

「これ野菜か⁉　それとも肉⁉　なんかよくわかんないんだけど、本当に食材なのか⁉」

「あまりレシピ通りでもつまらないでしょう？　だから、やっぱり多少は味に工夫をしようと思って……」

「ヤメロォオオオオ——ッ‼」

そんなこんなで、イヴの調理が始まって——

そして——

食堂のテーブルにて。

「できたわ」

どんっ！

借りてきた猫のように縮こまって席につくグレンの前に、奇妙な暗黒物質が置かれる。

「……えーと、なるほど……イカスミスパゲッティ？　か？　……なかなかしゃれている料理を……」

「は？　トマトリゾットに決まっているでしょう？」

「…………………」

硬直するしかないグレン。

「よく見るとなんかコレ、うねうね動いてません？」

「気のせいでしょう。ほら、早く食べなさいよ」

「ええええっ⁉」

「一口くらい食べて、感想くらい聞かせなさいよ……せっかく作ってあげたんだし」

ぷいっとそっぽを向くイヴ。

「………」

黙って眼下の暗黒物質を見下ろすグレン。

いくら、いけ好かない相手が作った料理とはいえ、まったく食べないのは気が引ける。

グレンは覚悟を決め、スプーンを手に取る。そのトマトリゾット（？）をすくい取り……震える手で口の中へと運ぶ。

そして、その瞬間——

「～～～～～～～～～～～～～～～～～～～～～～ッ⁉」

脳天からつま先まで高圧電流が流れたような感覚と、舌が爆発四散したかのような衝撃、胃に至近距離から杭を直接打ち込んだかのような激痛が、グレンを襲う。

そして、大時化の海のように荒ぶる嘔吐感。……最早、美味い不味い以前の問題だ。

（兵器⁉）

グレンが口元を押さえながら打ち震え、涙を滝のように流していると。

「……その反応が見られて満足だわ」

イヴがほんの少しだけ微笑み、立ち上がる。

「私の姉も、いつもそんな風に泣いて喜んでくれたわ……懐かしいわね……」

「～～～～～～ッ⁉」

それは違う。

絶対、違う。

そう叫んで現実を突きつけてやりたいが、言葉にならない。

「……私はそろそろ帰るわ」

そして、イヴが踵を返して、歩き始める。

「一応、たくさん作っておいたわ。しばらく保つと思う」

（えええええええええ!? これをたくさん!?）

「しっかり食べなさいよ。一人だからって、食事を疎かにするんじゃないわよ？　貴方が倒れたら、生徒達が悲しむってことを忘れないで」

（むしろ、食ったら倒れる！）

「ま、私は別に貴方がどうなろうが、どうでもいいんだけど……ふん、邪魔したわね」

（本当に邪魔したよな!?）

こうして。

イヴは、なぜかいつもの不機嫌そうなしかめ面を、ほんの少しだけ穏やかに緩ませながら、アルフォネア邸を後にするのであった。

そして、イヴが去った後で――

「あの……先生、大丈夫ですか？」

今まで隠れていたルミアが、心配そうな面持ちで現れ、グレンへ水の入ったコップを運んでくる。

グレンはルミアからコップを受け取り、水を呷る。

「俺は……今日、改めて確信した！」

一気に水を飲み干し、ずだんっ！　と空のコップをテーブルに叩き付けながら、グレンが憎々しげに言う。

「イヴめ……やっぱ、あいつ、俺のことが大嫌いなんだな⁉　そうなんだな⁉　だっから、わざわざこんな手の込んだ嫌がらせをしにやって来やがったんだな⁉　ええい、くそっ！　いくら俺が憎いからって、ここまでやるか⁉　普通⁉」

「え、えーとぉ……多分、そういうことではないはずなんですけど……むしろ……その、イヴさんは……」

憤るグレンに、ルミアは曖昧に言葉を濁すしかなかった。

「あの……ところで先生……これからお夕飯どうしますか？　一応、すぐにご用意はできますけど……」

「あー……」

ルミアの問いに、グレンは自分の状態と気分を色々と確認するように考え込んで……

「……すまん……この暗黒料理のせいで、まだ気持ち悪ぃ……食欲がまったく出ねえ……今は水以外の物を入れたら、多分吐く……」

「あー……ですよね……」

ルミアが哀しげに目を伏せる。

「う……せっかく、手間暇かけて料理作ってくれたのに、こんなことになっちまって、マジで申し訳ねえ……」

「い、いえ、そんな！　シチューは温め直せば、いつでも食べられますから！　それに、今は先生の健康第一です！　私、薬を取ってきますね！」

そう言って、ルミアが食堂を慌てて出て行く。

グレンの前ではまったく気にしていない風を装うルミアであったが……

「……はぁ……やっぱり、今日食べて欲しかったな……」

そんなことを、誰へともなく密かに呟き、残念そうに肩を落とすのであった。

そして――

「はぁ～、ようやく胃が落ち着いてきたぜ……」

――時分は深夜過ぎ。

アルフォネア邸の浴室に、グレンの姿があった。

この屋敷の浴室は、白い大理石造りで、広々としている。

大きな湯船には熱い湯が張られ、浴室内には白い湯煙と暖気が充満している。

そんな中、腰タオル一枚のみになったグレンが、壁際のシャワーの下で風呂椅子に腰掛け、シャワーから放出されるお湯を頭から被りながら、わしゃわしゃと髪を洗っていた。

「しかし、なんだ……共同生活をするようになってからこっち、ルミアのやつ……一体どうしたっていうんだ？」

お湯を被りながら、グレンはぼんやりと考えていた。

本当に、ルミアはグレンに献身的に甲斐甲斐しく尽くしてくれるのだ。

確か、ルミアは朝に弱いタイプだったはずなのに、毎朝きちんと早起きして、グレンを起こしてくれて。

毎日、きちんと掃除、洗濯、炊事をしてくれて。

部屋で仕事をすれば、休憩を入れたいタイミングを見計らったように、紅茶を持って来てくれて。

先ほどだって、イヴの暗黒料理に苦しむグレンのために、わざわざ手製の薬を調合してくれたのだ。

「いや、あいつが元々、誰に対してでも分け隔てなく優しくて献身的なのは知っていたけどよ……ちょっと……」

度が過ぎてはいないだろうか？

女王陛下の命令で仕方なく、グレンの世話をしているだけのはずなのに、どうにもそれ以上のものを感じてしまう。

それに、そんな風にグレンに献身的に尽くしてくれるルミアの挙措は、なんだか妙に色っぽく、大人びて見えることが多くて……

「くっそ、ヤべェ……このままじゃ俺……なんか勘違いしちまいそうだ」

頭にわき起こりかける不埒な煩悩をかき消そうとでもするように、グレンが乱暴に髪をがっしゃがっしゃと洗っていく。

「まったく、生徒相手に何考えてんだ……しっかりしろ、俺！」

ぱぁん！　と両手で挟むように自分の頰を張って気合いを入れ直す。

予定通りなら、セリカ、システィーナ、リィエルがフェジテに帰還するのは、明日か明後日だ。

(連中が帰ってくりゃ、こんな生活も終わり……だ)

終わりを考えると、なんだか妙に寂しいというか……惜しさのような感情を胸のどこかに覚えるが、全力で知らない振りをする。

「ふっ、俺はロクでなしと言っても、クズじゃねーからな！　ここは一つ、教師として大人の威厳を保ちつつ、無難に残りのこの生活を楽しもうじゃないか！　なにせ、美少女に甲斐甲斐しく面倒見てもらうなんて、世のモテない男共にとっては垂涎物の役得だからなぁー　あっはっはっはーっ！」

と、そんなことを誰へともなく、グレンがぼやいていると。

「ん……？」

ふと、浴室の外——硝子張りの扉の向こう側にある脱衣所に人の気配。

あれ？　なんで……？

とかグレンが思って、目を瞬かせていると。

がらがら～っ！　と硝子戸が開いて。

「……失礼します、先生」

「～～～ッ!?!?!?!?!?」

なんと、ルミアが姿を現すのであった。

「な、なななな——ッ!?」

「…………」

ルミアは優美な曲線を描く、若く瑞々しい裸体に、胸下からバスタオルを巻き付け、顔を上気させて佇んでいる。

だがその桃の果実のように豊かな胸の丘陵はまるで隠しきれず、その深い谷間が露わになっており、きめが細かく白い肌、ほっそりとしたうなじに鎖骨、細い肩、すらりと伸びる腕に手触りよさそうなおみ足……下手に全裸であるより、よほど妖艶で匂い立つような色香が漂っていた。

「ちょ、おま、ルミアさん⁉　一体、どういうつもりでしょうかね⁉」

慌てるあまり、思わず敬語になってしまうグレンへ。

「ええと……その、お背中をお流ししようかと思いまして……」

ルミアがはにかむように微笑みながらも、消え入るようにそう呟いて、俯いた。

「いーやいやいやいやいや！　いらん！　それはいらん！」

グレンがブンブンと首を振る。

「ここ数日！　お前の働きには、マジで！　本当に！　感謝してる！　ありがとうございます！　でも、これだけはいらん！　駄目だ！　ヤバい！」

だが、そんなグレンへ。

「でも……私はお母さん……女王陛下から、先生の身の回りの世話をするよう、仰せつかっているんです。ここでいくら先生がいいと言うからといって手を抜いては……私は陛下にお叱りを受けてしまいます」

「い、いいや……そんなことあるわけない！　ないから早く、出て――」

「本当に、絶対に、そう言い切れますか？　相手はあのお母さんですよ？」

「う……」

言葉に詰まるグレン。

確かに、アリシア七世には、その聡明さとは裏腹に、どこか子供っぽいというか、小悪魔のようなところがある。

もしかしたら、本当にこんなことで駄々っ子のように怒るかもしれない。

「……わ、わかった……じゃ、じゃあ……とりま頼もうかな……」

「はい！　それでは失礼しますね」

グレンの答えに、ルミアは嬉しそうに笑い、おずおずとグレンの背中へ向かって歩いて行くのであった。


──。


そして。

ルミアがグレンの背後に膝をついて座り、泡をたっぷり含ませた糸瓜の垢すりで、わしゃわしゃとグレンの背中を洗いながら、ふと我に返る。

（──って、私ったら一体、何をやっているのぉおお～ッ⁉）

ルミアの顔は最早、沸騰同然の真っ赤っかで、湯気が立ちそうなほど。

心臓は壊れたポンプのように暴走してエイトビートを刻んでおり、その高鳴る鼓動音がグレンにも聞こえかねないほどだ。

（わ、わわわ、私っ！　こ、これはいくらなんでも攻め過ぎだよっ⁉　いくら、お母さんの言いつけだとは言って……ッ⁉）

なぜ、自分がこんな暴挙に出たのか。

原因は薄々わかっている。

多分、焦っていたのだ。

（夕方、イヴさんが不意討ちでやって来て……先生に料理を食べてもらえなかったから……）

そう。

自分が一人前の大人の女性であることを、もっとも意識してもらえる機会を逸してしまったのだ。

予定では、明日か明後日には、セリカ達が帰ってくる。

もう料理でグレンの胃袋を摑む作戦はできないかもしれない。

そう思ってしまって——

（でも、他にやり方あるよね⁉　こんなの襲ってくださいってアピールしているようなもので……あわわわ……ッ！）

ルミアも子供じゃない。

こんなことすれば、押し倒されても文句言えないことくらいわかる。

だけど。

心の奥底のどこかで。

その展開を期待している自分が……確かにいる。

そんなの絶対、駄目。

いや、でも……

大時化（おおしけ）の海のように理性と本能がうねる狭間（はざま）で、ルミアは最早、すっかり混乱し、眼をぐるぐると混沌（こんとん）に渦巻かせていた。

——と、その時だった。

「……ん。すまん、ルミア。ちょっと痛（いて）ぇ」

「……え？」

グレンの声に、我に返る。

どうやら無意識のうちに強く擦りすぎていたようだ。

「……あ、ごめんなさい……」

気を取り直して、深呼吸一つ。

ルミアが再び、グレンの背中を洗おうとした……その時だった。

「！」

ルミアは気付く。

グレンのその背中——

今までは泡に覆われていた上に、自分のことばかりで精一杯だったので、気付けなかったが。

グレンの背中のあちこちに、無数の古傷が刻まれていることに、ルミアは気付いた。

法医呪文が発達している世界だ。

粗方の傷は、痕を残すことなく綺麗に癒やせてしまえる時代だ。

なのに、これほどまでの傷痕が残っているというのは、つまり……

「先生、この傷痕……？」

「ん？　ああ……引いちまったか？　きったねぇ背中ですまねぇな」

グレンが申し訳なさそうに頭を掻いた。

「まぁ、軍時代も今の教師生活でも、色々無茶やらかしたからなぁ。名誉の負傷……ってのは、恰好付けすぎかな？　俺が弱(よえ)ぇってだけだしな」

おどけたように言うグレン。

「…………」

だが、ルミアはその傷痕から目が離せない。

ルミアはそのグレンが背負う傷痕が、何かとてつもなく尊く神聖なもののように感じたのだ。

そして、その背中の傷のうちのいくつかは、恐らくルミアを守るために負ったものであるわけで……

「そんなことありません」

気付けば、ルミアはグレンの背中にそっと手を伸ばし……その傷痕を指で撫(な)でていた。

「……ルミア？」

椅子に腰掛けるグレンの正面の壁にある鏡は、湯煙で完全に曇っている。

グレンからは、背後のルミアが何をやっているのかわからない。

ただ柔らかでくすぐったい感触を、背中に感じるだけだ。

「……汚いだなんて、そんなことありません」

背中の傷痕一つ一つを、順番に指で撫でていく。

慈しむように、愛おしげに。

「この背中は、先生が先生であることの証し……私にとって、先生の背中以上に美しいと感じるものは……これから先、きっとないと思います」

最早、今のルミアに浮ついた恋愛感情も、邪な妄想もない。

ただ、ただ、愛おしかったのだ。

そうして、ルミアはすっかりグレンの背中の古傷を撫で終えて。

ルミアの指がまるで何かを惜しむようにそっと離れていく。

「……そ、そうか？　な、なんか照れるな……」

「はい……」

しばらくの間、二人の間をくすぐったくも心地好い沈黙が流れる。

そして──

グレンが沈黙を破る。

「えーと、冷えてきたな……」

「そ、そうですね……っ！」

不意に気恥ずかしさを思い出したルミアも声をうわずらせながら応じる。

「い、一緒にお湯に浸かりませんか？　先生っ！　わ、私なら大丈夫ですっ！　ほら、身体にタオル巻いてますから──」

「お、おい、馬鹿！　そう慌てて立ち上がると──」

「……あっ⁉」

ルミアが浴室のタイル床で足を滑らせ、バランスを崩す。

「危ねえっ⁉」

咄嗟に気付いたグレンが、ルミアへ手を伸ばし──

──間一髪。

グレンが倒れるルミアを腕に抱き留め、引き寄せていた。

「だから言わんこっちゃねえ。気を付けて……」

「せ、先生……」

「ん？　……げっ⁉」

そして──気付く。

立て膝をつき、腕の中にルミアをかき抱くグレン。

だが、その衝撃でルミアの身体を覆っていたタオルが半ばはだけ、見えてはいけないものが色々と見え隠れしてしまっている。

「～～～ッ⁉」

対するルミアはそれを隠そうともせず、顔を真っ赤にして縮こまりながら、グレンに抱かれるままになっており……

「な……」

そんなルミアの姿に、グレンも思わず頭を真っ白にして硬直してしまっていた。

……沈黙。

痛いほどの沈黙が二人を支配して――

「……先生」

先に停止した時間の中を動きだしたのはルミアであった。

「……ルミア？　どうした？」

「………………」

ルミアは何も答えない。

何も答えないまま……両手を伸ばしてグレンの首に回し絡め、目を静かに閉じる。

そして、そのまま抱き寄せるように、顔をグレンへと近付けていって――

――拙い。

グレンの脳内の冷静な自分が警鐘を鳴らすが、この唐突の展開に反応がついていかない。

やがて——二人が教師と生徒の一線を越えかけた……まさにその時だった。

『グゥウウレェエエエンッ！　今、帰ったぞぉおおおおおおおおおおおお——ッ！』

屋敷内に、魔術で拡張されたセリカの大音声が、世界の終末を告げるラッパのように響き渡っていた。

「ふぁっ⁉」

「げぇえええ⁉　セリカ⁉」

慌てて離れる二人。

『どこだぁああああ⁉　システィーナとリィエルも拾ってきてやったから、一緒にお土産食うぞぉおおおおおおおお——ッ⁉』

「はぁ⁉　白猫とリィエルも来てるのかよ⁉　な、ナンデ⁉　連中、帰ってくるの、明日か明後日じゃねーのかよ⁉」

「考えるのは後です、先生！　な、なんとか誤魔化さないとッ！」

だが、セリカの足音が無慈悲にこの浴室へと近付いてくる……

「ルミア！　お前の服は⁉」

「籠に入れてタオルをかけておいたので、開いて調べられない限り見つかりません！　後でこっそり回収すれば――」

「オーケー、了解！　なら、今はすまねえが――」

「は、はいっ！」

グレンの意図を察し、ルミアは水中呼吸の呪文を唱える。

そして、ルミアが湯の張られた風呂の中に潜って隠れると同時に――

「今、帰ったぞ！　グレン！　なんだ風呂に入ってたのか！　そうならそうと早く言えよ！」

セリカが太陽のような笑みを浮かべて、浴室の扉を開いていた。

「ちょ⁉　こら！　お前、人の風呂中に入ってくるんじゃねーよ⁉」

「いいだろ、別に！　私とお前の仲なんだし！」

「そ、そ、そうですよ、アルフォネア教授！　殿方が入浴しているのに、そんな——」

「ん……わたしもグレンと一緒に入りたい。……駄目？」

「駄目よ、リィエル！」

浴室には姿を現さなかったが、どうやら外の脱衣所には、システィーナとリィエルもいるらしかった。

「あああああ、うるさいっ！　お前ら早く出て行けっ！　そんなに男の裸を覗きたいか⁉」

「ばっ！　なんで、私が先生の裸なんか——……」

そんな外の騒がしい様子を。

「…………」

ルミアは湯の中で息を潜めながら、じっと聞き流していた。

（わ、私は一体、何をやろうとしていたんだろう……？）

再びルミアの鼓動が高鳴っていく。

（教授達が割り込んでこなかったら……私は……ひょっとして、あのまま、先生と……？）

魔術効果のおかげで呼吸は苦しくないが、思考が茹だっていく。

ぐるぐると回って、収拾がつかなくなっていく。気が遠くなっていく。

湯の中の熱さも相まって。

ルミアは急速にのぼせていって。

(わ、私は……)

そして、そのまま。

ルミアの意識は、湯の中でゆっくりと真っ白に染まっていくのであった――


…………。


「……ん……？」

「お？　気付いたか？」

ルミアがふと気付くと。

自分はいつの間にか衣服を着せられ、グレンに背負われて、夜のフェジテの街を歩いている。

未だ風呂の熱気が身体に残っているらしく、肌が火照っており、冷たい夜風が心地好かった。

「せ、先生……？　私……」

「安心しろ。なんとか誤魔化せたよ」

グレンが溜め息を吐きながら、そうぼやく。

「その……意識のないお前に服を着せるために、色々アレだったが……それはすまん、許してくれ……」

「……は、はい……元はと言えば、私のせいですから……」

ぷしゅ～と、ルミアの頭から湯気が立った。

「ったく、セリカのやつ……俺に早く会いたいからマッハで仕事終わらせて、神鳳で白猫とリィエルまで回収して、速攻で帰ってきたんだと。ったく、人騒がせなやつだぜ……」

「あ、あはは……アルフォネア教授らしいですね……」

「で、これからお前を、白猫達が先に帰ったフィーベル邸へ送り届けるところだ。その時、適当にお前がフィーベル邸にいなかった理由をでっち上げるから、口裏を合わせてくれよな？」

「はい、わかりました」

適当に打ち合わせをしながら、グレンはルミアを背負って歩く。

　ゆっくりと歩く。

「しかし……こうしてお前を背負って歩いていると……なんつーか、あの時を思い出すな」

　グレンに言われるまでもなく、ルミアは思い出していた。

　そう、それは今から三年前。

　幼い頃のルミアが、外道魔術師に攫われて……それを軍時代のグレンが助けた、あの時。

　グレンとルミアの最初の出会い。

　あの時もこうやって……最後はグレンがルミアを背負って、帰路についたのだ。

「しかし……互いに歳はくったが……こうしていると、俺達の関係って、あの頃と、あんまり変わってねえ気がするよなぁ」

　グレンが感慨深そうに、そんなことを言う。

　だが——ルミアは穏やかに微笑みながら、こう答えた。

「いいえ、私は変わりましたよ？」

「！」

　そして、ルミアはグレンの首に腕を回し絡め、甘えるように抱きしめ……その首筋にそっと口づけする。

まるで小鳥が啄むように。

「私はもう……変わったんです、先生……私はもう元には戻れません」

グレンの背中に身体をすり寄せるルミア。

「…………」

グレンは何も答えない。

答えられない。

二人の間を支配する沈黙。

そして――

「今日は……ちょっと疲れました」

グレンの背中に負ぶわれる安堵感からか、急に睡魔に襲われたルミアが、囁くように呟いた。

「ねえ、先生……もう少し……もう少しこのままでいいですか……？」

「……ああ」

「ありがとう……ございます……ねぇ……先生……」

「……なんだ？」

「……私……私は……先生のことが…………――」

最後は言葉にならない。

猛烈な睡魔が言葉を紡(つむ)ぐ口を優しく溶かしていく。

（……先生、私は変わりました。……そして……もしも、いつか、先生も私と同じように変わってくれる日が来てくれるなら……その時は……）

その時――〝もしも、いつか〟。

それを幸せに夢見ながら。

ルミアはグレンの体温の中、静かに眠りにつくのであった――

キノコ狩りの黙示録

The Mushroom Hunt Apocalypse

Memory records of bastard
magic instructor

フェジテ南区にある、商業地区。

数多くの店舗や露店が建ち並び、昼夜問わず活況を呈している中央表通りから少し外れた場所。

裏通りのとある一角に、その店はひっそりと隠れ潜むようにあった。

「ったく……相っ変わらず流行ってねぇなぁ、この店は……商売成り立ってんのか？」

店内の様子を見渡しながら、グレンは呆れたようにぼやいた。

薄暗い店内の四方の壁の商品棚には、干した薬草の瓶詰めや、香木、光る鉱石や宝石、何らかの生物の骨や毛皮や羽、奇妙な薬品やら粉末やら……いかにも怪しい代物が、ぎっしりと並んでいる。

「ははは、僕の店は、知る人ぞ知る隠れ名店ってやつなんだよ。僕が仕入れられない魔術素材はない……わかっているだろ？」

店奥のカウンターの向こう側には、一人の青年がいた。

グレンよりやや歳上の、物腰穏やかながら、やり手風の青年だ。

グレンのつっけんどんな物言いにも特に気分を害することなく、背伸びして棚をごそごそ漁っている。

やがて、目当てのものを探し当てたのか、青年はそれを手に持って、カウンターの上に置いた。

「ほら、注文の三日月草だ。お友達価格で7リルでいい」

「くっそ、毎度毎度足下見やがって……まぁいい、あんがとな、マックス」

ぐぬぬと眉間に皺を寄せながら、グレンはカウンターの上にリル金貨七枚を置いて、商品を受け取る。

「毎度～」

青年――マックスはにっこりと笑って、金貨を懐に収めるのであった。

「あぁくそ、今月どうすっかな……まーだ、給料日まで結構あんのに……やれやれだぜ」

ここはウォルター魔術素材店。グレンが子供の頃から懇意にしている店であり、現店主であるマックス＝ウォルターとは腐れ縁だ。

「しかし、あの君が生徒達への授業のために、自腹を切って魔術触媒を買うとはねぇ……一緒に錬金術で石ころを黄金に変えて、ヤンチャしていた頃が嘘のようじゃないか」

「うるせぇ、黒歴史掘り返すな。忙しいから、俺は帰るぞ」

そう言って、グレンが踵を返し、店を出ようとすると。

「おっと、ちょっと待った、グレン。君に少し相談があるんだ」

そんなグレンを、マックスが呼び止めるのであった。

「…………。

「何ぃ？　ゴルデンピルツが欲しいだぁ～～？　しかも特級品がぁ？」

マックスの話を聞いていたグレンが、素っ頓狂な声を上げた。

ゴルデンピルツ……それは、非常に貴重なキノコの魔術素材である。市場に中々出回らず、希少価値が高いことで有名な、レア素材だ。

「ああ。さる御方(おかた)から、魔術研究のため、特級品のゴルデンピルツがどうしても欲しいと依頼されてね」

「おい、マックス……だが、そりゃ、いくらお前でも……」

「ああ、残念ながら時季が悪い。今はまったくと言っていいほど、市場に出回っていない。さすがの僕も流通してない商品は仕入れられないさ」

肩を竦(すく)めて息を吐き、マックスが言葉を続ける。

「だが、僕もこの道のプロ。懇意にしてもらっている顧客の要求にまったく応えないというのは沽券(こけん)に関わる。そこでだ」

マックスはにやりと微笑みながら、グレンへ流し目を送った。

「実は、僕はね。霊脈(レイ・ライン)の関係で、時季外れのゴルデンピルツを採取できる秘密の場所を知っているんだ」

「何……？」

「だが、それは少々危険な場所でね。古き迷いの魔術がその場所にはかかっていて、僕を含めて本当に限られた人間しか、その迷いの魔術を突破する方法を知らないんだ。なるべく新鮮なゴルデンピルツを確保したい件の御方も、採取に同行することになったんだけど、ぶっちゃけ僕は弱い上に足手まといだからね。だからと言って、場所と方法だけ教えて、客だけに採取しに行かせるわけにもいかないだろ？　そこで、僕の代わりに案内人として君に行ってもらいたいんだよ。僕もちょうどゴルデンピルツの在庫を補充したかったところだしね」

「なるほど、採取クエストか」

話が見えてきたグレンが、口元を押さえながら応じる。

「ああ。素材の目利きができて、戦えて、かつ、僕が信頼できる相手は君しかいない。君と、君が信頼できる者達に頼みたいんだ。どうだい？」

「いや、俺とお前の仲だがな……俺、正直、暇がなくてな……」

途端、グレンが溜め息混じりに渋り始める。

「悪いが、今の俺は生徒達のためにやるべきことがある。件の魔術実験の準備だってあるし、おまけにテスト勉強対策講座でただでさえ忙しい。今、俺が授業を空けるわけには……」

と、その時である。

「ははは。もちろん、報酬に色はつけさせてもらうよ?」

マックスがにこにこ微笑みながら、そんなことを付け足した。

「と、言うと?」

「そうだね……君が採取したゴルデンピルツの、現在の市場価値総額の半分を、君への報酬にするよ」

「…………はい?」

グレンが石像のように硬直する。

繰り返すが、ゴルデンピルツとは恐ろしく貴重な素材だ。

名前の通り、同体積の黄金に匹敵する価値を持っている。

その半額分の報酬ともなれば……

「ちょ、ちょちょちょ！　待て！　お前、俺を騙す気だろ⁉　どこにどんな落とし穴をしかけた?」

「おいおい、グレン。取引は信頼が命だ。確かに、僕は君に売りつける素材の値段を吹っかけることはあったけど、この手の取引に関しては、常に誠実であったはずだ。そうだろ？」

「む……」

「Win-Winの関係ってやつさ。今の相場ならそれだけの報酬を払っても、充分過ぎる採算が取れるし、かなり無茶な依頼をしている自覚があるからこその謝意の意味もある。どうだい？　どうか引き受けてくれないかい？」

そんな風に頼んでくるマックスに、グレンは毅然と返す。

「さっきも言ったが……今の俺は忙しい。生徒達のために、やるべきことが山積みだからだ」

「……そうか」

「ふっ、マックス。この俺が、金で動くような安い男だとお思いか……？」

……翌日。

グレンが担当する二組の教室の黒板に、でかでかと『自習』という文字が書かれていて……

二組の生徒達が呆れ果てながら、その文字を眺めていて……

「……そうに決まってるだろぉおおおおおおおおおおお⁉」

「清々しいほど現金ですね⁉　先生って⁉」

目を血走らせたグレンの魂の叫びに、システィーナのツッコミがアンサンブルするのであった。

──と、いうわけで、ここはゴルデンピルツが密かに自生しているという、とある秘密の山の登山口。

グレンは、学院の授業を様々な理由をつけてサボり、システィーナ、ルミア、リィエルを連れて、強引にキノコ狩りを敢行することにしたのであった。

そんなグレン達は、皆一様に登山用のトレッキングスタイルに身を包み、すっかりキノコ狩り感を纏っていた。

「っていうか！　なぁんで、私達までキノコ狩りをしなきゃいけないんですか⁉」

「ふっ、そんなの決まってるだろ⁉　四人で行けば、四倍採れる！　ならば、儲けも四倍──」

「《この・ロクでなし》ぃいいいいいいいいいいいいい──ッ！」

「ふんぎゃあああああああ⁉」

　もうお約束のようにロクでもない答えを返すグレンを、システィーナはやはりお約束のように、即興改変した黒魔【ゲイル・ブロウ】の呪文で、お空へ吹き飛ばすのであった。

「はぁ……ッ！　はぁ……ッ！　あいつったら、本当に毎度毎度……ッ！」

「で、でも、システィ……先生もこの日のために、ちゃんと授業は進めてくれたわけだし……」

「それでも、やることなすこと本末転倒なのよ！　もうっ！」

　ルミアの弁護も、システィーナの怒りを収めるには至らない。

　ただ、ばっちりとトレッキングスタイルに身を固めたリィエルだけが、

「ん。きのこ狩り。……楽しみ」

　いつも通り無表情ながら、どこか浮き立っていた。

「ったく、何すんだよ、白猫……？　一体、俺が何をしたってんだ……？」

　そして、ボロボロのグレンが茂みをかき分けて戻って来る。

「今、この現状を見て！　もう一度、胸に手を当てて！　よく考えてみてくださいっ！　なんか、私達に言うべきことがあるでしょう⁉」

　すると、そんなシスティーナのツッコミに、グレンは周囲を真摯な表情で見渡して……

「ルミア」

「はい」

「お前のそのトレッキングスタイル……可愛いぜ？　似合ってるよ」

「ふふっ、ありがとうございます、先生」

ルミアの頭をよしよしと撫で、ルミアは嬉しそうにはにかむのであった。

「ふ――ざ――け――る――なぁあああああ――ッ!?」

当然、速攻で怒髪天を衝いたシスティーナが、グレンへ絡みつくように飛びかかり、コブラツイストをかける。

「グワ――ッ!?　ギブ！　ギブギブッ！　すみません、白猫様ぁあああああああああああ――ッ!?」

情けない悲鳴を上げるグレン。

「本当に申し訳ございません！　今月マジでピンチなんです！　授業で使う触媒とか自腹っちゃったから！　だから、この哀れな社会不適合者のゴミに憐れみと施しをお与えになるおつもりでどうか、どうか、助けてください、お願いしますぅううう――ッ!?」

そして、グレンはシスティーナの足下で土下座を始めた。

最早、大人の貫禄とか教師の威厳とか、何もかもが無惨に壊滅した、哀れな存在がそこにいた。

「ま、まぁまぁ、システィ……今回のキノコ狩りは、私達のために、先生が余分なお金を使っちゃったこともあるんだし……助けてあげようよ？」

「あーもう、ルミアって、本当に先生に甘いんだから……ッ！」

しかし、グレンが金儲けに目を眩ませていたのは確かに事実だが、決してそれだけが原因というわけでもない。

自分達二組の生徒がグレンへ『どうしても、この授業外の魔術実験をやってみたい！』と、せがんだのも事実。それが、グレンへ余計な出費を強いてしまったのも事実であった。

「はぁ～……仕方ないですね……今回だけですからね？」

観念したように、そう呟くシスティーナ。

「あ、ありがとうございます、白猫様ぁああああ──ッ！」

「ちょ、こら!?　どこにしがみついてるのよもうっ！　ばか！　えっち！」

感涙に噎ぶグレンの頭を、システィーナがぽかぽか叩き、それを見守るルミアがくすくす笑い、リィエルがきょとんと見つめるのであった。

「……まぁ、それはとにかく」

騒ぎが一段落ついた後、システィーナが切り出す。

「このメンバーで、この山にキノコ狩りに行くのはいいんだけど……今日はもう一人、同行者の方がいらっしゃるのよね？」

「ああ、そうだ。件のゴルデンピルツを大量に欲している、元々の依頼主だな」

「なるほど……あんなに高価な魔術素材を求めるなんて、きっと、かなり高名な魔術師の方ですね」

「だろうな。もうすぐ、いらっしゃるとは思うが……お前らも粗相のないようにな」

そんなことをグレン達が言い合っていると。

茂みをかき分けて、何者かがやって来るのが見えた。

やはり、山中探索ということで、トレッキングスタイルに身を包んだ男性だ。鍔の広い登山帽が、妙に似合っている。

「お？　噂をすれば影だな。お見えになった……え？」

そして、その現れた男の姿を確認したグレンが、硬直していた。

「な、なんだと……？」

グレンの姿を認めたらしいその男も、途端に歩を止めて硬直する。

「え、えぇぇ……？」

「な、なぜ、貴様がここに……？」

グレンと男は、がたがたと震えながら、同時に叫ぶのであった。

「ハーなんとか先輩ぃいいいいいいいいいい――ッ!?」

「グレン＝レーダスぅうううううううううう――ッ!?」

そう、現れた男は魔術学院の魔術講師ハーレイ＝アストレイだったのだ。

「あ、嫌な予感……」

「あはは……」

「？」

予想外の事態に、システィーナはジト目で溜め息を吐き、ルミアは曖昧に笑い、リィエルが目をぱちくりさせるのであった。

そんなこんなで、この秘密の山のとある地点を目指して、グレン達とハーレイが出発する。

マックスから受け取った地図を頼りに、山道を進む……

のだが。

「…………」

「…………」

しーん。

先頭を行くグレンとハーレイの間には、会話がまったくない。

ざっざっざっ。

ただ、鬱蒼と木々の茂る山道を歩く音だけが響いている。

なにせ、グレンは然程でもないが、ハーレイは不真面目なグレンのことを、目の敵にしている。

その道中は、それはそれは気まずいものであったという……

「ちょっと、先生……いくらなんでも空気が悪すぎるわ……なんか、適当に会話してください よ……」

システィーナがグレンにだけ聞こえるように、後ろから耳打ちする。

「お、おう……」

確かに生徒達に気まずい思いをさせっぱなしも悪いと思い、グレンが意を決して話しかける。

「い、いやぁ～、まさか、マックスに依頼したさる御方って、先輩のことだったんっすねぇ！　こりゃびっくりどっきり驚いた！　ハハハ」

「………」

「先輩、ゴルデンピルツが必要なんすよね？　一体、どんな魔術研究に使うつもりなんっすか？　ボク、ちょっと興味ありまして……」

「………………」

ハーレイは無言。無視。

なんだか、二人の間をひゅおおと、冷たい風が流れたような錯覚。

（気まずいッッッ！）

こんなハーレイの塩対応に、グレンは頭を抱えるしかなかった。

（ええい、くそ！　確かに今まで色々あったけど、そんな露骨に拒否らなくたっていいじゃんか⁉）

ぐぬぬ、とハーレイの横顔を睨み付けるグレン。

（大体、そーいえばこの人、俺が学院に初めてやってきた時から、俺のことを目の敵にしてたし！　そんなに凡人で平民な俺が魔術講師やってること、気にくわねーのかよ⁉）

と、さしものグレンも、そんな風に心の中で悪態を吐いていると。

「ふん。マックス＝ウォルター……その商品仕入れの手腕と信頼のおける取引から懇意にしていたが……貴様のような輩と親しくしているようでは、付き合い方を考えねばならぬな」

ハーレイがぼそりとそんなことを言った。

「……聞き捨てならねっすね。俺はともかくアイツを悪く言うのは」

さすがにカチンときたグレンの声が少し刺々しくなる。

「ふん、そうだな。確かにその点については謝罪しよう。だが、マックス＝ウォルターは
この採取探索に〝確かな実力を持つ案内人〟をつけると言っており、私はその〝確かな実
力を持つ案内人〟の力に大層期待していたのだが……やれやれ、期待外れのようだ」

大仰に肩を竦めてみせるハーレイ。

「ぐぬぬぬぬ……」

「大方、金欠とかで生徒達を巻き込んだのだろう？　この魔術師の恥さらしめ……恥を知
れ！」

「ぐぬぬぬぬぬぬぬ……ッ！」

ぎりぎりと歯噛みするグレン。

（こ、こっちがなるべく穏便にいこうとしてるのに、なんて態度だッ！）

だから、グレンもつい、毒づいてしまう。

「……せ、先輩こそ、先輩みてーなお偉い魔術師サマが、こぉんな辺鄙な所で一体、何や
ってんすかぁ？」

「……む？」

「大方、自分が採取に赴くことで、人件費や経費を安く上げようって寸法じゃないんすか？　あー、最近、革新的な魔術研究に着手したせいで、先輩の研究室の資金繰りが厳しいって噂、どーやら本当みたいっすねぇ？」

「ぐぬぬぬぬ……ッ！　貴様⁉」

激しく睨み合うグレンとハーレイ。

「あ、あわわわ……」

「け、喧嘩は、その……」

その後ろで、システィーナとルミアがおろおろしているが、グレン達は気付かない。

「ええい！　やはり貴様のようなやつは要らん！　私一人で充分だ！　貴様らは山を下りろ！」

「なーに言ってんすか！　むしろ、俺達だけで充分っすよ！　お偉い先輩サマは山を下りて、研究室で大人しくしてりゃいいんじゃないっすかね⁉」

「ほう？　ならば、勝負するか⁉」

「勝負⁉」

ハーレイの提案に、グレンが眉を顰める。

「我々の目的である特級品のゴルデンピルツが採取できるポイントはまだまだ先の方だが……この近辺でも、ある程度の質のゴルデンピルツは採取できよう」

「なるほど……つまり、この辺りでキノコ採取勝負っすね？」

「そうだ！　どちらが多くのゴルデンピルツを見つけ、採取できるか！」

「負けた方が山を下りる……いいっすよ？　受けて立とうじゃねっすか！」

「ふん！　後悔するなよ⁉」

「先輩こそな！」

こうして、互いにこめかみに青筋を立てながら、ぐぎぎ、ぐぬぬと睨み合う二人。

「あ、あの……お二方？　どうか、落ち着いて……なんだか、この採取探索の趣旨が変わって……」

システィーナが慌てて二人を宥めようとするも。

「ええい、黙れ！　小娘！」

「ええい、黙ってろ！　白猫！」

すっかり熱くなってしまった二人には取りつく島もない。

「むぅ……なんか、二人とも、ぷんぷんしちゃった」

「だ、大丈夫かなぁ……？」

リィエルがどこか不安げなジト目となり、ルミアが困ったように呟くのであった。

「いいか、お前ら、絶対勝つぞ⁉」

「えー……？　私達もやるの？」

「あはは……」

「ん」

山の森の中、闘志を燃やすグレンの前で、システィーナ、ルミア、リィエルが三者三様の反応を返す。

「ハーピー先輩め！　なぜか、いつもいつもいつも俺のことを目の敵にしやがって！　一体、俺が何をした⁉」

「多分、そーゆーとこじゃないですかね？」

「今日という今日は、ギャフンと言わせちゃる！」

システィーナのジト目ツッコミは華麗にスルーしてグレンは続ける。

「てなわけで、ミッション開始前に軽く復習するぞ！　リィエル！　ゴルデンピルツとはどんなキノコだ⁉」

「ん。こないだ、グレンの授業で聞いた。すごくおいしい、きのこだって」

「や、今はそんなクソどーでもいい情報じゃなくてだな……つか、覚えてんのはそんなとこだけかよ……」

思わず額を押さえるグレン。

確かに、ゴルデンピルッツは高級魔術素材だが、同時に世界七大珍味の一つに数えられる高級食材でもある。高級店では、ごくまれに食材として使われることもある幻のキノコなのだ。

「知っての通り、ゴルデンピルッツは黄金色に輝くキノコだ。ルコの樹の根元に低い確率で、日光を嫌って隠れるように、通常一本だけ生えている……こんな風にな！」

グレンが傍の樹の根元の草をかき分けてごそごそ探ると、早速、一本のキノコを取り上げた。

そのキノコは黄金色にきらきらと輝いていた。

「あ、幸先いいですね」

「ああ、そうだな。それに、注意点として、ブラスルームっていう見た目そっくりな毒キノコがそれなりの確率で同じように生えている。これは色々と判別方法があるんだが……例えば、笠の形状とか、ひだの数とか、柄の太さとか、つぼの匂いとか……そういう総合的な判断が必要なんだが……」

グレンがジト目で、リィエルを見る。

「お前、わかる？」

すると、リィエルが無表情ながら、ふんすと胸を張って言った。

「わかんない」

「お前、なんでそんなに誇らしげなんだ？　なんだ？　その褒めて褒めてオーラ。俺にどうしろと？」

「痛い」

眠たげな無表情のリィエルのこめかみを、鷲掴(わしづか)みにして、ぎりぎりと締め上げるグレンであった。

「あー、私とルミアは判別できるけど……リィエルには厳しいよね……慣れてないと難しいし……」

「あの……先生？　リィエルには判別させないで、とにかく金色に光るキノコを集めることだけに専念させてあげたらどうですか？　後で先生が判別して本物と偽物(にせもの)を仕分けた方が……」

「多少、効率が落ちるが、正直その方が無難だな……よし！」

粗方の方針を決め、グレンが両手を打ち鳴らす。

「じゃあ行くぜ！　絶対に勝つぜ！　ミッションスタートッ！　キノコを集めまくって、先輩にギャフンと言わせてやるぜぇええええええ——ッ！」

「はぁ〜……なんでこんなことに」

深閑とした森の中に霧散する、システィーナのぼやき。

こうして、仁義なきキノコ狩り勝負が始まるのであった。

……そんなこんなで。

「あっ⁉　あったあった！」

「わぁ、やったね、システィ！」

「うん！　なんだか、ちょっと楽しくなってきたかも！」

皆でキノコ狩りにいそしみ始めてから小一時間。グレン達は少しずつ、採取成果を上げつつあった。

「よし、本物だ。五本目ゲット！」

グレンが樹の根元に生えていた、ゴルデンピルツを採取し、ガッツポーズを取る。

「なかなか良いペースだぜ」

採ったゴルデンピルツを腰籠に入れながら、少し遠い場所で作業をしている、システィーナ達の様子を見る。

　見れば、ルミアやシスティーナも、大体、グレンと同じペースで、ゴルデンピルツを採取しているようだ。

「ふっ、ゴルデンピルツ採取は根気の勝負。いかに多くのルコの樹の根元を調べるかにかかってる。つまり、採取人の数が物を言う。四対一……先輩は俺には勝てませんぜ、くっくっく」

　そんな風に、グレンが勝ちを確信して、邪悪にほくそ笑んでいると。

「ふっ、それはどうかな？　グレン＝レーダス！」

　そこへ、ハーレイが現れる。

「む？　そりゃどういう意味でって……何いいいいいいい——ッ⁉」

　ぎょっとするグレン。

　見れば、ハーレイの腰に下がっている籠には溢れんばかりのゴルデンピルツが入っていたのだ。

「ば、馬鹿な⁉　こんな短時間でそんなにたくさんのゴルデンピルツを採ったんすか⁉

一体、どうやって——ッ⁉」

「ふっ！　私には秘密兵器があったのだッ！」

ばっ！　とハーレイが手を広げる。

すると奥の茂みをかき分けて、四足歩行の動物が姿を現した。

その正体は――

「豚⁉　なんでこんな所に豚が……って、ま、まさか⁉」

「そうだ、そのまさかだ！　ピルツ豚だ！　私には腕利きの豚匠の友人がいてな！　ゴルデンピルツの匂いを嗅ぎ分けて、探知するよう訓練されたピルツ豚の『真の名』を掌握させてもらっており、それを使って、ピルツ豚をこの場に召喚したのだッ！」

「き、汚ぇえええええええ――ッ⁉　何すかそれ⁉　反則でしょ⁉」

「ふはははははは！　これが私と貴様の魔術師としての実力の差だ！」

「ただのコネじゃねっすか⁉」

うがーっ！　とグレンはハーレイに吠えかかった。

「とにかくだ、グレン＝レーダス！　貴様らがルコの樹を一本一本、目視で調べなければならないことに対し、ピルツ豚を従えている私の採取効率は貴様らの約十倍！　最早、勝負はついたな！　即刻、山を下りる準備をするといい！　ふはーっはっはっはーっ！」

ピルツ豚と共に、意気揚々とその場を去って行くハーレイ。

「ぐぬぬぬ……ッ！」

グレンはその背中を悔しげに見送るしかない。

「やべぇ……このままじゃ負ける！　負けて山を下りたら、マックスの依頼を達成できねえ！　報酬もパァ……どうする……ッ!?」

と、そんな時である。

つんつん、と。グレンの脇腹を突く者がいた。

グレンが傍に視線を落とすと、そこにいたのは、眠たげな表情のリィエルであった。

「どうしたよ？」

「きのこ。たくさん採ってきた。……見て」

「え？」

ずいっと、グレンへ手提げ籠を差し出すリィエル。

その籠の中には、黄金色のキノコが山のように入っていたのだ。

「な、何ぃいいい――ッ!?　リィエルお前、マジでぇええええ――ッ!?」

「す、凄いね、リィエル！」

「こんなにたくさんのゴルデンピルツを見つけてくるなんて……ッ！」

騒ぎを聞きつけて、ルミアやシスティーナも集まってくる。

「ねぇ、リィエル！　一体、どうやってこんなにたくさんのキノコを見つけたの!?」

「ん。……勘」

そうだった。

普段のリィエルは、ぼーっとしていて忘れられがちだが、元々は天性の野性的勘で数多くの強敵を屠り続けて来た天才タイプの剣士なのだ。

その勘をキノコ探しに生かせば……

「そうだったな！　先輩にピルツ豚がいるとしたら、俺達にはリィエルがいたんだった！　まだ勝負は終わってねえ！　むしろ、勝てる！」

「あー、でも先生？　リィエルにはゴルデンピルツとブラスルームの見分けはつかないから……」

「お、そうだったな。じゃ、さっそく仕分けるか……でも、こんだけありゃ、ゴルデンピルツの数も相当だろ」

そう言って、リィエルの籠を漁り始めるグレン。

「えーと、……ふむ、これは……ブラスルームだな」

ぽいっと捨てる。

「次。うーん……これもブラスルームだな……はは、偶然って怖え」

ぽいっと捨てる。

「さて、次。……ん？　これもブラスルームかよ。三連続……珍しいこともあるもんだ」

ぽいっと捨てる。

「……次はと。……ん？　ブラスルームだと……？　なぁんか、嫌な予感がしてきやがったぞ……？」

こんな感じで、グレンは次々とキノコを判別していって……

そして――

「はい、ラスト！　ブラスルーム！」

わなわなと震えているグレン。

もう籠の中は空っぽであった。

「え、ええと……」

システィーナとルミアがなんとも気まずそうな表情で、グレンとリィエルを交互に見ている。

「あ、あのなリィエル……」

「何？」

「な　ん　で!?　全部、ブラスルームなんだぁああああ――ッ!?」

グレンはリィエルの頭を挟むように摑み、左右にガクガク揺するのであった。

「一本も当たりがないって、どんな確率だよ⁉　逆に凄ぇよ⁉　才能だよ⁉　無駄な才能だけどな！」

「ん、やった。グレンに褒められた」

「褒めてねぇ⁉　いや、褒めてるけど褒めてねぇぇぇぇぇぇ――っ！」

ガクガクガクガクガク――ッ！

リィエルの身体がまるでメトロノームのようにブレる。

「どうやら、リィエルが探し当てるキノコは全部、ブラスルームになっちゃうみたいだね……」

「どんな理屈なのかしら？　ちょっと研究してみたいわ、一魔術師として」

「ええい！　その研究論文の結論には〝リィエルはまったくキノコ狩りの戦力になりません〟と書いとけ！」

リィエルを放して、グレンは頭を抱える。

「くっそ！　このままじゃ先輩に負ける！　どうする……？」

と、その時だ。

「ん？　これは……？」

グレンが地面に落ちている何かに気付き、それを拾い上げる。

水滴型の茶色い木の実であった。

「あ、それ、シィルの実ですね。この山、シィルの樹もあるんだ」

システィーナが頭上の梢を見上げる。その特徴的な広葉樹の葉は確かにシィルの樹であった。

それを見たグレンは……

「おい、システィーナ、ルミア。ゴルデンピルツを探すついでに、シィルの実も集めておいてくれ」

そんなことを呟くのであった。

「へ？　なんで？」

「まぁまぁ、いいからいいから」

にやぁり、と笑うグレン。

そんなグレンの様子に、一抹の不安を覚えるシスティーナだが、言われたとおり、シィルの実も集め始めるのであった。

……ハーレイのゴルデンピルツ採取は順調も順調だった。

なにせ、ルコの樹をいちいち一本一本丹念に調べる必要はない。連れているピルツ豚が反応する樹だけを調べればそれでいいのだ。

これによって、ハーレイは圧倒的な効率でゴルデンピルツを集めることができたのだ。

「この勝負、勝ったなッ！　グレン＝レーダスめ！　今回こそは貴様に煮え湯を飲ませてやる……ッ！」

だが、ハーレイが勝利を確信したその時、異変が起きるのであった。

「……ぶ、ぶぅ……？」

突然、ハーレイの従えているピルツ豚の動きが鈍り、四つ足を折って、その場に蹲る。

「ｚｚｚ……」

そして、ピルツ豚はそのまま深い眠りについてしまうのであった。

「な、何ぃ!?　一体、何が起きたというのだ!?　目を覚ませ！」

ハーレイが慌てて豚を揺するが、豚はうんともすんとも言わない。

「あっれぇー？　なんだか先輩の豚さん、お疲れみたいっすねぇ？」

そこにグレンが嫌らしい笑いを浮かべて現れる。

「それとも、その豚さん、何か変な物でも拾い食いして、体調不良っすかねぇ？」

そんなことを嘯くグレンの手は、シィルの実を弄んでいた。

「シィルの実……？　き、貴様、まさか!?　シィルの実は豚の好物……ッ！　貴様、一服盛ったなぁあああああああああああ──ッ⁉」

真相を察したハーレイがこめかみに青筋を立てて吠える。

「いやいや、盛ったなんてそんな大それたこと。ボクもシィルの実が結構好きなんすよねー？　だから、たまたまシィルの実も集めてたんすけどー、でもそれに〝たまたま〟ボクが持ってた眠りの魔術薬がかかっちゃって食べられなくなっちゃったから〝たまたま〟あっちこっちに捨てていただけなんすよねー？」

明後日(あさって)の方を向いて白々しく口笛を吹くグレン。

「どんな〝たまたま〟なのだ⁉　悪意１００％だろ、貴様ぁああああああああああああ──ッ⁉」

そんなグレンの胸ぐらを掴み上げるハーレイ。

「弁護の余地なし」

「あ、あはは……」

真顔で言い切るシスティーナに、ルミアは曖昧に笑うしかない。

「ふはははは──ッ！　どうだぁ、先輩ぃいいい⁉　もう先輩のアドバンテージは消えたぞぉおおお⁉　こっからは頭数の勝負！　俺の勝ちだぁあああああああ──ッ！」

「ぐおおおおお、グレン＝レーダス貴様ぁああああああああ──ッ！」

そして、どこまでも大人げなく白熱する二人は、そのまま互いに負けじとゴルデンピルツを求めて森の中を駆けていくのであった。

ここからは、グレンとハーレイによる、仁義なきキノコ狩り戦争が展開されることになる——

「よし、この辺は当たりだぜ！」

ゴルデンピルツを探して、森の中を素早く駆け抜けるグレン。

さすがに、山中の機動力ともなれば、元・軍人であるグレンに分がある。

「この辺りに群生しているルコの樹にはかなり高い確率でゴルデンピルツが採取できるみてーだ！　先輩が追いついてこないうちに、根こそぎいただき——ぎゃんッ⁉」

だが、突然、走るグレンが何か見えない壁のような物に弾(はじ)かれて、吹き飛ばされる。

「な、何ぃ⁉　い、今のは一体、なんだ⁉」

「くっくっく……バカめ、グレン＝レーダス！」

不思議そうに尻餅をつくグレンに、ハーレイが悠然と追いついてくる。

掲げるその掌(てのひら)の上には、魔力の走る魔術法陣が展開され、回転しながら駆動していた。

「こんなこともあろうかと、私はこの近辺には、予め断絶の結界を張っておいたのだよ……ッ！　私以外の人間がこの近辺でキノコ狩りをすることは不可能なのだッ⁉」

「き、汚ぇぇぇぇぇぇぇぇぇぇぇぇぇぇぇ——ッ⁉　そこまでやるっすか⁉　普通⁉」

グレンが見えない結界壁をどんどん叩きながら吠える。

「ええい、うるさい！　豚に毒を盛った貴様に言われたくないわーッ！」

その壁の向こう側で、ハーレイが吠え返す。

「残念だったな、グレン＝レーダス！　この近辺ではゴルデンピルツを豊富に採取できる！　貴様らがいくら他の場所で採取しようが、この近辺で採取する私に勝てる道理はない！　勝負は決まったな！」

「ち、畜生ぉおおおお——ッ！」

結界の向こう側で負け犬の遠吠えをするグレンを放置し、ハーレイは悠然と森の奥へと向かう……

「ふっ……採った採った。さすがにこれだけ採れば、私の勝ちだろう」

籠一杯のゴルデンピルツを採取したハーレイは、ほくほく顔で元の場所へと戻ってくる。

だが、そこで奇妙な光景を見つけたのだ。

「む……？　なんだ？」

「あー、先輩ちーっす！」

「はふはふ、もぐもぐ……」

なぜか、グレンとリィエルが焚き火を囲んでいるのだ。

たくさんのゴルデンピルツを串に刺して、火に炙っている。

そして、香ばしい芳香を立てて焼き上がったゴルデンピルツに、火で溶かした固形バターと塩を振りかけて、片端から食べているのだ。

「ん。おいしい」

「な、ななな、何をやっているのだ、貴様らは⁉」

このグレン達の奇行に、ぎょっとしたのはハーレイである。

「自分達で採ったゴルデンピルツを食するなど！　さては貴様、勝負を捨てたかぁあああああ――ッ⁉」

「いやぁ？　べっつにー？　ただ、これ、親切な妖精さんが、ボク達にくれた贈り物っすから？」

気付けば、グレンの頭上には、可愛らしい小さな妖精が、ぱたぱた羽を動かして浮いていた。

「悪戯妖精(ピクシー)だとぉ……？　ま、まさか……ッ⁉」

ハーレイは改めて自分の籠を確認する。

すると、そこには――

「空だと⁉　私の集めたゴルデンピルツがいつの間にか一本もない⁉　グレン＝レーダス、貴様ぁ⁉　召喚した悪戯妖精(ピクシー)の認識阻害能力『化かし』を使って、窃盗させたなぁ⁉」

「あーっはっはっはっ⁉　油断しましたねぇ⁉　先輩の結界は人払い系統！　人間は駄目でも、妖精や物品は素通しでしたよぉ⁉　ふっはははははははははは――ッ！」

「汚(きた)な過ぎるぞぉおおお――ッ⁉　そこまでやるか、グレン＝レーダスぅうううううううう――ッ⁉」

「へっへーん⁉　これで、先輩のゴルデンピルツ数は０！　俺の勝ちっすねぇえええええ――ッ⁉」

グレンが自身の集めたゴルデンピルツの籠を見せつけるように掲げると……

ぱちんっ！　据わった目のハーレイが手袋を嵌(は)めた左手で、指鳴らしをする。

すると。

「熱(あ)づぅううううう――ッ⁉」

グレンの掲げた籠が突然、燃え上がり、グレンは慌てて籠を捨てた。

そして、籠はあっという間に燃え尽き、鎮火する。

「な、な、何ぃいいい――ッ⁉　馬鹿な⁉　指鳴らしで呪文起動だとぉ⁉　そんなんできるの、セリカくらいのはず――」

「確かにその通りだ。だが、この私自作の手袋の魔導器は、四つの指に四つの呪文が刻まれており、鳴らす指でそれぞれの呪文を起動できるのだ」

「はぁあああああ――ッ⁉　そんな隠し切り札的なスゲぇ魔導器を、こんな所で、たかがキノコ燃やすのに使っちゃうわけ⁉　バッカじゃないんすか⁉」

「ええい！　黙れ喧しい！　貴様にだけは負けるわけにはいかんのだ！　そんなことより、これでスコアはタイ！　勝負はこれからだッ！」

「ド畜生！　負けてたまるかよぉおおおおおおおお――ッ⁉」

こうして、ある意味、仲良く並んで森の奥へとダッシュしていくグレンとハーレイ。

「もう、これ駄目かもね……」

「……う、うーん……？」

「？」

そんな二人を、システィーナ、ルミア、リィエルの三人が疲れたように追うのであった。

そして――

キノコ狩り勝負は白熱したまま、時間は飛ぶように過ぎて――

――時分はいつの間にか、夜。

「……迷った」

端的に自分達の状態を表す、グレンの短い言葉。

すっかり真っ暗闇になった深い森の中で、一同は途方に暮れていたのであった。

「やべぇ。マジでやべぇ。ガチで帰り道がわからねぇ」

「……うむ」

脂汗をだらだらと額に浮かべるグレンとハーレイ。

「貴様が地図を紛失するからだろう」

「先輩が地図を燃やしちゃったからでしょうが！」

「籠の中に地図を差していたなど、誰がわかるか――ッ⁉」

「何を⁉」

「何だとぉ⁉」

そんな風に、この期に及んでも睨み合う二人に。

「も、もう止めてください！　本当にどうするんですか⁉」

システィーナが涙目で割って入る。

「この秘密の森には、大掛かりな魔術結界が張ってあるんですよね⁉　マックスさんにもらった地図に従って移動しないと、一生出られないんですよね⁉　喧嘩している場合じゃないでしょう⁉　うぅぅううう〜ッ！　どうしてこんなことにぃ〜ッ⁉」

辺りが真っ暗になって不安に襲われたのか、システィーナが頭を抱えて蹲っている。

ルミアはそんなシスティーナを励ますように寄り添い、リィエルが目をぱちくりさせている。よく見れば、二人ともそれなりに不安そうだ。

「…………」

「…………」

そんな生徒達の様子に何か感じるものがあったのか、グレンとハーレイがしばらくの間、押し黙る。

やがて。

「……まぁ、そのなんすか……一時、休戦としませんかね、先輩」

「ふん、いいだろう」

そっぽを向き合ったまま、二人はそんなことを気まずそうに言い合う。

「じゃ、そゆことで、さっそく始めますか……教師として」

「ちっ、不本意だが仕方あるまい」

そう言い残して、グレンとハーレイの二人が連れ立って、森の奥へと向かい始めた。

「えっ!? ちょっと……二人とも、どこへ行くんですか!?」

「決まってんだろ？　この森の迷いの結界を突破するため、俺と先輩の二人でちょいと解析してくるんだよ」

「ええええええ!? そんなことできるんですか!? 確か、マックスさんも言っていたけど、この森にかかっている迷いの結界は大昔の失伝魔術(ロスト・ミスティック)だって……」

「できるか、できねーかじゃねえ。やるんだよ。お前らだって、こんな所で一生サバイバル生活は嫌だろ？」

「ふん。足手まといどもは、そこで大人しく待っていろ」

そう言い捨てて、二人は森の奥へと消えていく。

「だ、大丈夫かなぁ……？」

システィーナ達はそんな二人の背中を不安げに見つめるしかなかった。

「さて。まずは最初の問題があるな」

グレンと並んで歩きながら、ハーレイが不機嫌そうに言った。

「この迷いの結界に接続する霊的ポイントの割り出しだ。だが、結界へ干渉できる接続霊点(レイ・スポット)は、巧妙に魔術で隠蔽されているのが常だ。魔力探知は通じん。さて、どうするか……」

「あー、そこは俺に任せてくれねっすかね？　先輩」

そう応じて、グレンが呪文を唱える。

「《秋風の歌姫よ・地霊に唄を語りて・我が眼(め)と成れ》」

唱えたのは、黒魔(くろま)【スペーシャル・パーセプション】。微弱な音波を周囲へ放ち、その反響によって、付近の地形構造を把握する空間把握の術。

「どういうつもりだ？　貴様。そんな術では、霊的な存在の感知は……」

「いや……」

しばらくの間、グレンは呪文に集中し、脳内に展開される周囲のイメージを凝視する。

やがて……

「……こっちっす」

グレンが迷いのない足取りで、森の奥へ向かって歩き始める。

しばらく歩くと、二人は本当にさりげなく木陰に置かれている、無骨な岩を発見した。

「多分、これっす。これが、この迷いの結界の接続霊点（レイ・スポット）の一つっすよ」

「な……？　た、確かに……ッ⁉」

ハーレイは実際に岩を触って確認し、グレンの言が正しいことを知る。

「……なぜ、わかった？」

確かに感じた驚愕（きょうがく）を押し殺し、ハーレイが問う。

「どんなに凄（すげ）ぇ結界でも、張ったのは人間っすよね？　つーことは、いくら巧妙に隠蔽しようが、その隠し場所には、人間の意図やら癖やらが出るってわけっすよ。こう配置すれば見つかりにくい、俺ならこう隠す……そーゆー作製者側の心理や裏を読めば、大体こういうのってわかるんすよね」

そんなことをさらっと言うグレンに、ハーレイはやはり驚愕の感情を隠しきれない。

（ちっ、この男、やはり魔術の運用法や応用に関しては、恐ろしく長（た）けている……そこは認めざるを得ないな……忌々（いまいま）しいが）

ハーレイが、そんなことを考えていると。

「だぁあああああ――ッ⁉　なんなんだ、この術式は⁉」

接続霊点（レイ・スポット）の岩を通して、迷いの結界術式を検分していたグレンが、悲鳴を上げていた。

「なんって複雑で底意地の悪い術式だよ⁉　こんなん、積み上げたトランプタワーの下段を、崩さずに弄(いじ)るような作業だぞ⁉　くっそ、俺のお粗末な魔術制御技量じゃ無理……」

「どけ」

グレンを押しのけ、今度はハーレイが岩に手を当てて、呪文を唱え始める。

すると、呪文に応じて、岩の表面に魔術法陣やらルーン文字の羅列が凄(すさ)まじい勢いで浮かび上がり、流れて行く。

ハーレイはしばらくの間、それをじっと凝視し、やがて、左手の指で岩に触れて、ちょこちょことルーン文字を描いて術式を操作する。

すると――

「ふん、迷いの術式のプロテクトの幾つかを解除(キャンセル)してやったぞ」

「はぁ⁉　今の一瞬で⁉　マジっすか⁉」

「ふん、この私は天才なのだ。こんな旧時代の古くさい術式、パターンさえ見切れば、なんていうことはない」

さも当然とばかりに眼鏡を押し上げて鼻を鳴らすハーレイに、グレンはひたすら驚愕するしかない。

（ま、マジか？　あんな繊細な作業をあっさりと……なんて技量だ。いや、凄ぇ人なんだろうなとは思ってたが、まさかこれほどとは!?）

「おい、次に行くぞ。あいにく、私は貴様ほど鼻が利（き）かん。とっとと、次の接続霊点（レイ・スポット）を探せ」

「う、うっす」

　こうして。

　グレンとハーレイは協力して、迷いの森の術式を突破するため、行動を再開するのであった。

　結論を言えば。

　協力したグレンとハーレイは、これまでのいがみ合い、足の引っ張り合いが嘘（うそ）のような快進撃だった。

「先輩！　ここの魔術罠（マジック・トラップ）、解呪（ディスペル）すっから、魔力流すタイミング、俺に合わせてくださいよ!?」

「ちっ！　誰に物を言っている！」

　接続霊点（レイ・スポット）を探し、術式を読み、プロテクトを解除（キャンセル）し、時に仕込まれた魔術罠（マジック・トラップ）を解除する。

長年、人を拒み続けた森の守りが、二人の前にはまるで紙のようであった。

「す、凄い……あの二人凄いわ」

「うん、本当にそうだね……さすが、学院の魔術講師だね……」

喧嘩してないかと心配して、様子を見に来たシスティーナやルミアも、迷いの結界を次々と突破していくグレン達の姿に、ただただ呆然と驚くしかない。

「ふーん……先輩。こりゃどう読みます？　この一見、浮いたバミューダ変数。この三つの三次元ユクリッド式にかかってると見ていいはず。となると、一見ダミーに見えるこのブランク術式の意図しているところは……」

「ああ、恐らく、我々の予想通りだ。件のαポイントが、Ωポイントに直結していたわけだ。カイゼル空間式と見せた、一種の〝殺し技〟だな。まったく、古い手を……」

「メビルス理論術式の応用っすね。こんな所で新設設計にせんでもなぁ」

二人の話は高度過ぎて、システィーナ達には理解できない。

「――というわけで、ほら行くぞ、お前ら。わかったろ？　今、先輩と話してた通り、俺達の元々の目的地を目指せば、その場所のすぐ傍に、この森の入り口付近へと抜ける出口がある。もうすぐ帰れるぜ？」

「いや、全然わかりませんから」

最早、呆れたようなジト目で、グレンとハーレイの後を、金魚の糞のようについていくしかないシスティーナ達。

そして。

一行は、とうとう、出口にも通じているという、当初の目的地へと辿り着く──

「な、ななな、何コレぇぇぇぇぇぇぇぇぇぇぇぇぇぇぇ──ッ⁉」

システィーナが素っ頓狂な声を上げ、ルミアもリィエルも目をぱちくりさせる。

グレン達は、大量のルコの樹が群生する場所へと出ていた。

空に浮かんだ月が、その場所をぼんやり淡く照らしている。

「こりゃスゲぇ……」

「むう……ッ⁉」

いかなる霊的条件が重なったらこうなるのか、なんとその場に並ぶどのルコの樹にも、燦然と金色に輝く特級品のゴルデンピルツが、ぱっと見てわかるくらい露骨に、大量に生えていたのだ──

「こりゃ確かに、迷いの魔術で隠すわけだわ……」

「だが、その迷いの魔術とやらも、我々にとっては、とるに足らん存在だったがな」

「違いねっすね、先輩」

こと此処に至って、今までのいがみ合いがバカバカしくなってきたのか。

はしゃぐシスティーナ達の前で、グレンとハーレイは、ふっと小さく笑みを交わし合うのであった。

「さて、向こう側に出れば、そこは山の入り口だ。帰る前に、採る物採って行こうぜ?」

「ふん。まぁ、文字通り、採り放題というわけだな」

「そっすね」

ほんの少しだけ、グレンとハーレイの間に和やかな空気が流れる。

だが——

「あ、そうそう。ここのゴルデンピルツの取り分どうします?」

「単純に、ここに到達するまでの互いの貢献度に従って、山分けすればいいだろう」

「あー。なら、俺が6で、先輩が4くらいっすかね?」

「いや、貢献度から判断すれば、私が6で、貴様が4くらいだろう」

——ぴしり。

その一瞬、二人の間の空気が、再び固まった。

「…………」

「…………」

沈黙が流れる。

二人の間に奇妙な沈黙が流れる。

「あ、あのぉ……？」

「グレン先生？　ハーレイ先生？」

システィーナとルミアが、どこかおろおろしながら口を挟むが、グレン達の耳には入らない。

「接続霊点（レイ・スポット）……誰のおかげで発見できたんっすかね？」

「誰のおかげで、迷いのプロテクト術式を解除（キャンセル）できたと思ってる？」

ごごご、

「道中たくさんあった魔術罠（マジック・トラップ）……俺が見つけて解呪（ディスペル）しなかったら、先輩、死んでたんっすけどね？」

「その解呪（ディスペル）の際に、呪詛（じゅそ）のバックドラフトを引き起こしかけて、死にかけたのはどこのどいつだ？　誰が技術フォローしてやったか忘れたか？」

ごごごごごご、

「そもそも、こんな事態になったのって、先輩が順路を記載した地図を燃やしたからっすよね……？」

「その燃やされる原因を作った大馬鹿は、どこのどいつだったかな？」

ごごごごごごごご……ッ！

二人の間に、不思議な重低音が幻聴となって響いてくるようであった。

「ちょ、ちょちょちょ⁉　５―５でいきましょう！　５―５で！　無事にここにたどり着けたのは、グレン先生とハーレイ先生のおかげ――」

咄嗟に、システィーナが仲裁に入ろうとするも。

「黙ってろ、白猫ぉ！」

「ええい！　黙れ、小娘ぇ！」

「は、はぁーい……」

ぎんっ！　とグレンとハーレイに睨まれて、システィーナはすごすごと引き下がるしかない。

そして――

「どうやら……俺達、一度は白黒をつけるしかなさそっすね……？」

据わった目のグレンが、スチャと拳銃を抜く。

「奇遇だな、グレン＝レーダス。私もそう思っていたところだよ……ッ！」

据わった目のハーレイが、キュッと左手に手袋の魔導器を嵌める。

そして、互いに油断なく睨み合い、ずごごご、と魔力を高めていく――

「こりゃ、もう駄目だわ」

システィーナはにっこりと朗らかに笑って、さじを投げた。

「さぁ、先に帰ってよう？　ルミア、リィエル」

「え？　で、でも……？」

「むぅ……グレン、置いていくの？」

「はぁ……もう、無理よ……お互い納得いくまでどうぞって感じ」

そんな風に、三人娘達が、巻き込まれないように、さっさとその場を離れて。

そして――

「うぉおおおおおおお――ッ！　くたばれ、先輩ぃいいいい――ッ！」

「地獄に叩き落としてやるわ、グレン＝レーダスぅううううう――ッ！」

ちゅっどぉおおおおおおおおおおおおおおおおおおおおおおおおおおおおんっ！

そんなシスティーナ達の背後で、魔力と魔力の炸裂音が響き渡り、爆炎が地に轟き、雷鳴が天を震わせる地獄のような魔術戦の火蓋が、切って落とされたのであった――

………。

――後日。

アルザーノ帝国魔術学院校舎内の、とある廊下にて。

「それで……あれから先生達どうなったの？　システィ」

「うん、なんか、二人がとことんまでやりあった魔術戦の余波で、あの場にあったゴルデンピルツは全部、駄目になっちゃったんだって……」

「むう……もったいない。おいしいのに……」

「はぁ～、まったく……なんていう骨折り損のくたびれもうけ……もう、うんざりだわ……」

そんな風に廊下を移動しているルミア、システィーナ、リィエルの視界の片隅で。

「どぉおおおおしてくれるんすかぁあああッ⁉　先輩のせいで、報酬はゼロ！　俺、今月、餓死のピンチなんですけどぉおおおお――ッ⁉」

「やかましい！　貴様のせいで、私の魔術研究の進行予定がパァだ！　どうしてくれる⁉」

グレンとハーレイが取っ組み合いながら、激しく喧嘩(けんか)していた。

道行く生徒達が、そんな二人の子供じみた喧嘩を呆れたように、遠巻きに眺めている。

「ええい、やっぱ、俺、アンタのこと嫌いだぁああああ――ッ！」

「それはこっちの台詞(せりふ)だぁあああああああああああああ――ッ⁉」

いつまでもいつまでも、互いに譲らず、意地を張り合って、いがみ合う二人を尻目に。

「はぁ……本当にやれやれだわ」

システィーナは、溜(た)め息(いき)を吐(つ)いて肩を竦(すく)めるのであった。

貴女に捧ぐ物語

A Story Dedicated to You

Memory records of bastard
magic instructor

■第二十五回ライツ＝ニッヒ文学新人賞評価シート

○タイトル：蒼き風のシルフィード

○ペンネーム：ホワイト＝キャット

○キャラクター：E

ありきたり過ぎ。というか、貴方が応募する作品の主人公と相手役は、毎回、似たりよったりですね。教え子と教師の禁断の関係ばかり……たまには違うキャラも考えてみては？

○オリジナリティ：E

皆無。どこかで見たような話や設定を、無理やりつぎはぎしただけです。ひょっとして、小説を舐めていらっしゃるのではないでしょうか？

○文章力：E

表現を無駄にごちゃごちゃと装飾して、ひねり過ぎていて、正直、わけがわかりません。気持ちいいのは貴方だけで、読者から見れば、ただひたすら痛いだけです。

○構成力：E

滅茶苦茶（めちゃくちゃ）です。展開や伏線が矛盾しまくっている上に、バトルなのかラブコメなのか、ギャグなのかシリアスなのか……貴方の書くことに対する情熱は伝わってきますが、思いつきと勢いに頼りすぎです。もっと話のコンセプトや整合性を大事にしてください。

○ストーリー：E

はっきり言って、つまらないです。

○選考結果：一次審査落選

○総評：

残念ながら、正直、貴方には才能がまったく感じられません。作家は諦めて、いい加減、別の道を探した方がいいのではないでしょうか？

例えば、貴方の作中の魔術に関する描写と知識だけは凄いので、作家などという分不相応な夢を見ず、素直に魔術師などを目指すというのは――……


「ぁあああああああんッ！　もぉおおおおおおお――ッ⁉」

ビリビリビリビリ――ッ！

フィーベル邸のシスティーナの自室内に、紙を破り裂く音と、憤怒の叫びがアンサンブルする。

「何よ、この評価⁉　やっぱり、世間はこの先鋭的な私の文才を理解できないバカばっかりだわッ！」

いつも理知的な彼女にしては珍しい悪態を吐き捨て、システィーナは本日郵送されてきた評価シートをぐしゃぐしゃーっ！　とまるめて、屑籠へと放り入れる。

そして、傍らのベッドへ身投げするように寝そべり、抑えきれない怒りに身を震わせるのであった。

アルザーノ帝国魔術学院に通う優等生システィーナの密かな趣味……小説執筆。システィーナは今回も、とある新人賞に作品を応募していたのだが……結果はご覧の有様であった。

「はぁ～～……」

寝そべったまま、しばらく時間が経つと、カッカッと沸騰していた頭も冷えたのか、システィーナは深い溜め息を吐いていた。

「……今回は結構、自信作だったのにな……」

自画自賛だが、今まで投稿した作品の中で一番の出来だと思っていたのだ。正直、ちょっと自信があった。

だが、結果はこの通りだ。

万が一、プロ作家デビューしちゃったらどうしよう……とか、うきうきしながら結果を待っていた自分が心底、馬鹿みたいで、惨めである。

「私、小説の才能ないのかな……？　大人しく魔術だけ勉強していれば、それでいいのかな……？」

なにせ、書いても書いても評価が上がる気配がまるでないのだ。ここまで来ると、もう先天的に作家に向いてなかったのだと疑わざるを得ない。

「やっぱ、私、もう筆を折るべきなのかな……？」

ベッドに寝そべったまま、システィーナは、部屋の隅にある机をちらりと見る。

そこには、今、執筆している最中の原稿の束が積まれている。

しばらくの間、システィーナはその新作原稿の束を、横目でぼんやりと見つめて……

「はぁ～～～……」

再び、深い溜め息を吐くのであった──


……その後日。

「やっぱぁあああああああああああああああああ──ッ⁉」

フェジテの街中を、大慌てで駆けていくシスティーナの姿があった。

突然だが、システィーナには、とある行きつけの読書カフェがある。

暇な休日に、たまにその読書カフェに出かけ、優雅に紅茶を飲みながら、小説を執筆するのがシスティーナの密かな楽しみなのだ。

カフェで小説を書いていると、なんだか本当の作家になったような気分を味わえるからだ。

そんなわけで、この休日はルミアにもリィエルにも用事があり、たまたま一人だったシスティーナは、いつものように小説を書こうと、さっきまでその件の読書カフェにいたのだ。

だが、つい最近、新人賞の評価シートでボロくそに言われてしまったせいだろうか？

色んなことがごちゃごちゃと頭に思い浮かんでしまって、筆がまったく進まなかったのだ。むしろ、あんなに書くことが楽しかったのに、書くこと自体が、何かとても億劫で無駄なことのように思えてしまっていた。

とても、小説を書く気分じゃない……そう判断したスティーナは、溜め息混じりに席を立って勘定し、先刻、その店を後にしたのだが……

「まさか……まさか、その書きかけの新作原稿を、店に置き忘れるなんてぇえええええ――ッ!?」

気の抜けすぎにもほどがある。それを嘆くも後の祭りだ。

まさか、あんなものを盗っていく人間などいないとは思うが……誰かに読まれてしまったら恥ずかしいいし、店員がゴミと勘違いして捨ててしまったりしたら、凄く悲しい。

「お願い、私の原稿！　どうか無事でいてぇえええええええ――ッ！」

祈るように叫んで。

システィーナは、件の読書カフェ『ミューズ・ライブラリー』の扉を開き、店内に駆け込むのであった——

読書カフェ『ミューズ・ライブラリー』は、入場料1セルトで、店内に置いてある本や雑誌、新聞が読み放題という、一般的な読書カフェの経営形式を取った店だ。

無論、飲食は別料金だが、『ミューズ・ライブラリー』には、余所には置いてない、わりとレアな蔵書があったりするので、システィーナは気に入っている。

入り口で1セルト銅貨を支払って、入店したシスティーナは、きょろきょろと辺りを見回す。

大きなショーウィンドウから、外の様子も窺える構造の店内は、奥のカウンター、並ぶテーブル、壁の本棚、雑誌や新聞のラック等々、品の良いオーク材をふんだんに使って作られた、実にシックで落ち着きのある空間が形成されている。

客の数はそこそこ。うるさくもないが、決して耳鳴りがするほど静かというわけでもない、集中力が自然と高まる絶妙な雰囲気が漂っている。

そんな店内を、システィーナはなるべく音を立てないように、早歩きで移動していく。

「え、ええと……私が座っていた席は……って、ぁあああああ⁉」

そこに辿り着いた時、システィーナは思わず素っ頓狂な声を上げてしまっていた。恐れていたことが、現実になってしまっていたのだ。

先刻、システィーナがついていたテーブル席には新しい客がいた。

二十歳程の妙齢の女性だ。理知的な美人で、まだ子供のシスティーナには決して出せない、大人の女性の落ち着きと気品を自然と身に纏っている。

その艶やかな栗色の髪、きめ細やかな肌には手入れが行き届いており、着用しているカジュアルなドレスも妙に仕立ての良い高級品だ。

明らかに、どこかの上流階級か貴族のご令嬢……そんな女性がそこにはいたのだ。

そして、その女性は紙の束を手にして、それを熱心に読みふけっている。

その紙束は――システィーナの書きかけの原稿であったのだ。

「あ、あああ、ぁああああ……」

システィーナが、その女性を指差して口をぱくぱくさせていると……

「！」

その女性がそんなシスティーナの姿に気付いて目を瞬かせ、申し訳なさそうに微笑んだ。

「あの……ひょっとして、ここに置いてあったこの小説……貴女のものでしょうか？」

「い、いえ、その……」

「ごめんなさい。盗み読みをするつもりはなかったのですが……私と同じ名前が載っているのが見えてしまったから、つい……」

「……えっ？」

システィーナは、目を丸くして、その女性の顔を見る。

「申し遅れましたね。私の名は、ミスティナ。ミスティナ＝キャロライン。どうかお見知りおきくださいませ」

ミスティナ。

そう、その名前は、システィーナが今、書いている新作小説の女主人公とまったく同じ名前であったのだ――

「キャロラインって……フェジテでは結構、有名な家ですよね？　確か金融業で財を成したとか……まさかミスティナさんはそこのご令嬢？」

「ご令嬢……まぁ、世間的にはそうなのかもしれません。でも、有名なのは家であって、私ではないので気にしないでくださいね、システィーナさん」

袖振り合うも多生の縁……そういうわけで、システィーナとミスティナは相席し、共に紅茶を片手に、しばしの世間話に花を咲かせるのであった。

「うぅ……そんな方に、こんなゴミのような小説でお目汚しさせてしまうなんて……あっ⁉　こ、この小説、当然ですけど、書いたの私じゃなくて、私の友達なんですけど！」

恥ずかしさのあまり、咄嗟に嘘を吐いてしまうシスティーナ。

「本っ当につまらないですよね、この小説！　私も書くのやめろって何度も言ってるんですけど！　その子ったらちっとも聞かなくて……毎度しつこく読まされるこっちの身にもなって欲しいっていうか⁉　あは、ははは」

自分で言ってて、涙目になってくるシスティーナであった。

「駄目ですよ」

ミスティナは、そんなシスティーナを優しく窘めるように言った。

「面白い面白くないは個人の感想なので仕方ありませんが……人が一生懸命書いた作品をゴミと呼んだり、書くのをやめろだなんて言ってはいけませんよ？　親しき仲にも礼儀あり……創作と想像の翼の価値と自由を奪う権利など、誰にもないのですから」

「あ……その、すみません……」

方便だったとはいえ、迂闊な言動を恥じ、しゅんと俯くシスティーナ。

だが、そんなシスティーナへ、ミスティナはにっこりと笑って言った。

「それに……私はとても面白かったですよ？　その小説」

　そんな意外なミスティナの言葉に、システィーナは思わず、発条が弾けるように顔を上げる。

「え⁉　面白い⁉　これが⁉」

「はい、とっても」

　ミスティナは、先ほどまで読んでいた内容を振り返るように、テーブルの上の原稿の束に視線を落としながら、言葉を続ける。

「確かに、技術的に拙い部分は散見されますが……書き手がとても楽しみながらこの話を書いていたことが文から伝わってきますし……それに、この作品の主人公の少女『ミスティナ』……なんだか、とても共感できるんです」

「………」

「もし、よろしかったら、そのご友人にどうかお伝えください。とても面白かったです、と。読んでいて時間が経つのを忘れました。ありがとうございました、と」

　システィーナは、そんなミスティナの言葉に、呆けたように目を瞬かせるだけだ。

　だが、正直──システィーナは嬉しかった。今まで小説を書いて、そんな風に人から評価されたことなんて、皆無だったからだ。

「は、はいっ！　必ず伝えますね！　その子、きっと喜ぶと思います！」

「ふふっ、私、どうやらスティーナさんのご友人の作品のファンになってしまったみたいです。是非、その作品の続きが読んでみたいですね」

「えっ⁉」

「もし、よろしかったら、そのご友人が続きを書いたら、また、私に読ませていただけませんか？」

思わず言葉に詰まってしまう、システィーナ。

（どうしよう？　この新作……先日の落選で自信なくなっちゃったから、ボツにしようかなって思ってたんだけど……そもそも、もう小説書くこと自体、やめようかなとも思ってたし……）

そんなシスティーナの胸中など露知らず、ミスティナは期待に満ちた笑みを浮かべて言うのであった。

「私は、このカフェの常連客です。いつも決まった曜日と時間に、このカフェのこの席にいますから……どうか、よろしくお願いしますね？」

「…………」

そんな、自分の作品に初めてできたファンの頼みを無下にできるはずもなく。

友人（自分）の書いた小説を中心に、システィーナとミスティナの奇妙な交流が始まるのであった。

アルザーノ魔術学院の講義と講義の間にある休憩時間。

二年次生二組の教室にて。

「なぁなぁ、ルミア、リィエル。最近、白猫のやつ、どうしたんだ？」

グレンがルミアとリィエルを呼び寄せ、ひそひそと耳打ちする。

そして、教室の隅の方にある机へと視線を向ければ……

「…………ッ！」

そこにはシスティーナがいて、手帳に何かを熱心に書き連ねている。

眉根を寄せて、うんうん唸っていたかと思えば……

「そうよ！　この展開があったわ！　こうすれば、全部繋がるわ！」

突然、ぱぁっと輝かんばかりに笑い……

「……でも、となると、ここからここまで書き直さないと……はぁ……」

途端に難しい顔となって……

「でも……えへ、えへへへ……」

そして、何が嬉しいのか、いきなりニコニコしだす始末。

「……はっきり言って、怖ぇ。マジで何があったんだ？　白猫」

ジト目のグレンが、額に脂汗を浮かべながら、ルミア達に問う。

「えーと……私も気になって、この間、システィに聞いてみたんですけど……何か、今、新しい魔術の式を構築しているみたいですよ？」

「何ぃ⁉」

「……ん。人の心？　に、作用する新しい術って聞いた。わたしにはよくわからないけど」

「そうだね。人の喜怒哀楽の感情を自在に操作する術みたいです。胸を熱くさせたり、笑わせたり、感動させたり、涙させたり……そういう術を作っているんだって」

「ば、馬鹿な……ッ⁉　ま、まさか感情操作術式だとぉ⁉」

グレンが驚愕に固まる。

肉体と精神を操作する白魔術の中でも、人の感情に関する魔術は、非常に複雑で高度なものに類する。

そして、喜怒哀楽の操作は一見地味だが、魔術戦においては絶大な力を発揮する。

なにせ、人は『喜』の感情で満たされれば、戦意を削がれるし、『怒』で満たされれば、まともな判断ができなくなる。『哀』で満たされれば、力が出ず、逆に自分を『楽』の状態に保てば、常に自分のパフォーマンスを安定して発揮できるのだ。

「白猫……あいつ、そんな高度な術式を自分で構築するなんて……ッ⁉　ついに、そんな領域に……ッ⁉」

教え子の成長に、グレンは思わず目頭が熱くなるのを抑えられない。

「ええい、こうしちゃいられねえ！」

「あ⁉　先生、どこへ⁉」

居ても立ってもいられずとばかりに、グレンは教室を飛び出していくのであった――

「白猫ッ！」

「ひゃっ⁉」

唐突に、横から声をかけられ、システィーナは慌てて、手帳（小説のネタ帳）を閉じる。

傍らを見上げれば、息を切らしたグレンがそこに立っていた。

「ななな、なんですか、先生⁉　まさか、見ました⁉　今、この手帳の中身見ましたか⁉」

「バッカ、一魔術師として、そんな無粋な真似するわけねえだろ？　それよりも……」

どさささっ……グレンが大量の本をシスティーナの眼前に積んだ。

「……え？　なんですか？　これ」

「『ホワイトグリモワール』に『心術の奥義書』、『ナッコスの感情理論文書』、そして『ツェスト男爵の最新研究論文』……白魔術研究の参考文献としては最高峰のものを、俺の判断でかき集めてきたぜ……少しでも、お前の力になれればと思ってな」

「……は？」

こんなものが一体、小説執筆に何の役に立つのだろうか？　システィーナが目を瞬かせていると……

「わかる、わかっている！　お前はどんどん成長し、先へ進む！　今までも、そして、これからも……ッ！　お前にはそれだけの才能がある！」

「…………はぁ？」

「置き去りにする周囲の連中のことなんか構うな！　遠慮なく進めッ！　俺が決して辿り着けなかった、遥か高みを目指して！」

「……………はぁ？」

「大丈夫だ、気にするな。この中には特一級封印指定の文書もあって、貸し出しにえっらい大金がかかって、今月の俺の給料はパァになっちまったけど……ひたむきに邁進する生徒に、教師としてできることは、このくらいだもんな！　お前は気にするな！」

「…………」

「頑張れよ、システィーナ。俺はいつだって、お前を応援しているぜ」

朗らかな笑顔でサムズアップし、そんなことを言い残して、グレンがくるりと踵を返して去って行く。

システィーナはしばらくの間、呆けた顔でその背中を見つめ……

やがて。

「心が痛いッ！」

がんっ！と、机に頭を打ち付けるのであった。

…………。

「ねぇ、システィーナさん。ひょっとして……？」

とある週末の読書カフェ『ミューズ・ライブラリー』にて。

いつものように、システィーナがミスティナに、自分の友人が書いたと偽っている自作小説の続きを読んでもらっていた時のことだ。

不意に、ミスティナがくすくす笑いながら、こんなことを尋ねてくる。

「この小説を書いているシスティーナさんのご友人……この主人公の女の子『ミスティナ』は、システィーナさんをモデルにして書いていますよね？」

「ぇ、ぇえええええええ⁉　そ、そそそ、そんなことは——ッ⁉」

ミスティナの指摘に、素っ頓狂な声を上げてしまうシスティーナ。

「ふふ、きっとそうですよ。名前も似てますし、そもそも言動が、なんだかシスティーナさんとそっくりですもの……だからこの『ミスティナ』は、生き生きしているんでしょうね」

「わ、わわわわ、私は絶対、そんなことないと思いますけどね……ッ！」

目を泳がせ、ガクブル震えながら、紅茶をくいっと呷るシスティーナ。いつも美味しかったはずの紅茶が、今はまったく味がしなかった。

「……となると、この『ミスティナ』の恋人『グレイン』も、実在の人物をモデルにしているのかな？」

ぶーっ！　と、思わず紅茶を横に吹いてしまうシスティーナ。

「げほっ！　ごほっ！　ななな、ないです！　そんなこと絶対、ないと思います！　絶対に！」

「そうかなぁ？　普段は、だらけて頼りない先生なのに、いざという時はすごく恰好良くて頼りになって……まるで本当に実在する人物みたいな、不思議なリアリティと説得力があると思うんですけどね？」

（な、なんか鋭すぎません⁉　ミスティナさん⁉）

内心、気が気でないシスティーナであった。

（た、確かに、言われてみれば、主人公とその相手役のキャラ造形を、私とグレン先生を参考にしていないこともないかもしれない可能性が無きにしもあらずだけど……ッ！）

そんな風に、システィーナが一人で顔を真っ赤にしたり青ざめたり冷や汗かいたりしていると……

「でも……ちょっと、残念な点もありますね」

ぱたん、と。今日の分を読み終えたミスティナが原稿を閉じ、忌憚（きたん）のない感想を告げる。

「きっと、この作品を書いているシスティーナさんのご友人は、恋愛経験がまだ、あまりないんでしょうね……ラブシーンの状況描写や、その時の主人公の心理描写が、ほとんど想像頼みというか、少し淡泊ですから」

「…………う」

まったく反論のしようがなかった。

だって、システィーナにまともな恋愛経験など皆無なのだから。

「もう少し恋愛経験を積んで、それを描写に生かせれば、もっと良くなると思うんですが……」

「え、えーとぉ、ミスティナさん？」

「あ、ごめんなさい。でも、この作品のラブシーンは、別に物語の流れに大きなウェイトがあるわけじゃないですし、総じて今回もとても面白かったと思いますよ？　どうか、ご友人にはそうお伝えください」

と、今回の読書会は、こんな流れで終わったのだが……

「ラブシーン⁉　恋愛経験の不足ですって⁉　そんなんどうすればいいのよ⁉　無理でしょ⁉」

その帰り道、システィーナは一人、大いに頭を抱えていた。

「た、確かに、この作品のラブシーンなんて、物語の趨勢(すうせい)にはまったく影響しないけど！　あってもなくても構わないけど！　でも、ミスティナさんの期待には応えたい……ッ！」

なにせ、自分の作品にできた初めてのファンなのだ。

ファンの期待に応えてみせるのがプロの仕事だろう（プロではないが）。

「うーん、どうすれば……？　うーん……？」

フィーベル邸に帰ったシスティーナは、食事の時も、お風呂の時も、ベッドの中でも考えて考えて考えて……


……そして、次の日。

放課後の、誰もいない閑散とした教室にて。

「なるほど。自分が開発した催眠系白魔術の練習台になってくれ……と」

システィーナに呼び出され、やってきたグレンがうんうんと頷いていた。

「えーと……やっぱり、駄目でしょうか？　そ、そうですよね⁉　面倒臭いですもんね⁉　そゆことでしたら、別に無理しなくても……ッ！」

システィーナが髪を指でくるくるしながら、慌てたように話を打ち切ろうとすると。

がしっ！　グレンがシスティーナの両肩に手を置き、システィーナの目を真っ直ぐ覗き込んだ。

「馬鹿言うな！　教え子が高みを目指して必死に努力しているというのに、その助けをしてやらねえ教師がどこにいると思っているんだ⁉」

「え、ええー……？」

「是非、協力させてくれ！　俺にできることならなんでもするぜ！」

（なんで、今日に限って、こんなに教育熱心な熱血教師路線なの？　グレン先生……）

とはいえ、これで後に退けなくなったわけである。

システィーナは覚悟を決めて、グレンに言った。

「で、では……改めて、よろしくお願いします、先生」

「おうよ！」

「これから私は、先生に催眠魔術をかけます。その間、先生は催眠状態になって意識レベルが低下し、その間の記憶がごっそりと抜け落ちることになるのですが……構いませんか？」

「ああ、大丈夫だ、そんくらい」

そして、グレンは、にかっと笑い、冗談めかしてシスティーナに返す。

「だが、眠っている俺に、変なことすんなよ？」

途端、どきっとして、顔を真っ赤にするシスティーナ。

「そ、そんなこと、するわけないじゃないですか!?」

「はは、悪ぃ悪ぃ！　冗談だよ！　そんなわけで、早速、始めるか！」

「は、はい……」

こうして。

システィーナは深呼吸して、グレンの眼前に左手を向ける。

そして、静かに、ゆっくりと呪文を唱えた……

「《身体(からだ)に憩いを・心に安らぎを・その識は微睡(まどろ)むべし》……」

唱えた呪文は、白魔(しろま)【スリープ・サウンド】の改変呪文だ。

これによって、被術者の意識を一種の催眠状態にするのである。

グレンも練習台としての協力者に徹するつもりのせいか、特に精神的抵抗は行わない。

よって、グレンの意識は、ごく簡単に催眠状態となる。

「…………」

十秒も経(た)つと、グレンはぼんやりと虚(うつ)ろな目で虚空(こくう)を見つめたまま、まったく動かなくなっていた。

「せ、先生……？　起きてますか？」

システィーナは、そんなグレンの顔の前でひらひら掌(てのひら)を動かしたり、瞳孔の様子を見たり、話しかけたりして、グレンがばっちりと催眠状態に陥っていることを確認した。

「よ、よし……ッ！」

これでいよいよ本題に入る。

「先生が催眠状態の間に……なんとかラブシーンの経験を積むわ！　取材よ！　取材！」

最早、本末転倒の極みであった。

「べ、別に恋人役に先生を選ぶのは他意はないんだけど！　ていうか、こんなことできる相手は、先生くらいしかいないから仕方ないっていうか！　うんっ！　と、とにかく仕方ない！　仕方ないの！」

誰もいないのに、言い訳がましくまくし立てて、システィーナは、なぜか火照る頬をぱちんと叩いて気合いを入れた。

「さて、ラブシーン……要するに恋人同士でイチャイチャするシーンの経験なんだけど……ま、まずは、街中で二人並んで歩く時にやる、こ、恋人繋ぎあたりから始めてみましょうか？」

そして、システィーナはおっかなびっくり、催眠状態のグレンの傍に寄り添い……グレンの手を恋人繋ぎで握りしめる。

途端。

「〜〜ッ！」

ぼんっ！　システィーナは頭が沸騰するような感覚を覚える。

胸が高鳴り、ふわふわとした感覚がシスティーナの全身を支配する。

「な、なるほど……こんな気分になるんだ……？　これは、ちょっと恥ずかしいわね……

誰も見てないのに……さて、次は……」

次は、これも定番の、女の子が恋人に後ろから抱きつくシーンの経験だ。

「すー、はー……」

システィーナはグレンの背後に回り、深呼吸して……

やがて、意を決したように、グレンを背中から抱きしめる。

「～～～～ッ⁉」

途端、先ほどよりも激しい熱と動悸がシスティーナの総身を震わせた。

（ヤバ、ヤバい！　これヤバいわ！）

目をぐるぐるさせながら、システィーナはぼんやりと物思う。

このままじゃまるで、グレンから感じる熱で、自分の全身がどろどろと溶けていってしまいそうだった。

「あわ、あわわわわ！　ち、違う、違うの！　これはあくまで、取材！　作品のための取材なんだからっ！」

そんなシスティーナは最早、すっかりまともな精神状態ではなかった。

それからも、システィーナの取材は続く……

「だ、駄目っ⁉　せ、先生……そんなに強くされると……ッ⁉　あ……ッ！　んんっ⁉」

催眠状態のグレンに命令して、システィーナを正面から、ぎゅ〜っと力強く抱きしめてもらったり……

「これは以前もやってもらったことあるけど……改めてやってもらうと、その……う、うう……」

お姫様抱っこをしてもらったり……

「か、顔が近い……太股に先生の頭の重みと感触が……うぅ……」

グレンに横たわってもらって、膝枕をしてあげたり……

大凡、恋人同士でやるだろう、イチャイチャを、システィーナは思いつく限り、グレンで試していった。

試す度に、システィーナの胸の鼓動の高鳴りは再現なく高まっていき、心臓は今にも破裂しそうだ。

身体はふわふわと心地好い浮遊感に支配され、地に足がつかず、頭は完全に熱暴走気味で、このままでは脳が溶けていきそうであった。

「はぁ……はぁ……ッ！　ひ、一通り試したわよね⁉　で、でも……アレが残ってるわよね……アレが」

そう、アレ。

恋人同士のラブシーンに、欠かせないアレがある。

それは——キスだ。

「…………」

システィーナはちらりと、視線を落とす。そこには、今、システィーナに膝枕をされているグレンの顔が、ある。

そのグレンの唇に目が行くが——

「む、むむむ、無理よ、無理！　それだけは無理……ッ！」

ぶんぶんぶんっ！　と頭を振って、身悶えするシスティーナ。

「で、でも……ミスティナさんの期待には応えたいし……そ、そうだわ、実際にキスまでいくんじゃなくて、その一歩手前で寸止めするくらいなら……うん、それで妥協よ！　決定！」

そう意を決して。

システィーナは、そろり、そろりとグレンの顔へ、自分の顔を近付けていく……近付けていく……

（な、なるほど……こ、こ、こんな感じなんだ……確かに、これは経験ないとわからないわね……）

そんなことを無理矢理考えながら、ゆっくりと、ゆっくりとグレンの唇へ近付いていた……その時であった。

どっくん。

不意に、システィーナの胸が、一際高く、強く鳴った。

途端、ぱっ！　とシスティーナの頭が真っ白になってしまう。

（……えっ？）

同時に、システィーナの身体を支配する、熱く激しい衝動――

〝このまま、最後までいきたい〟

自分の意識と身体が切り離されたような感覚が、システィーナの理性を、まるで暴風のように吹き飛ばしたのだ。

ゆえに、グレンの顔に近付く自分の顔が止まらない。止められない。

（あっ……駄目……わ、私……ッ！）

その熱い激流のような衝動に流されるまま、システィーナとグレンの唇が重なり合おうとしていた──その時であった。


がちゃ。


「あ、システィーナ、いた」

「そろそろ帰ろう？　システィ。……システィ？」

教室の扉を開いて、リィエルとルミアが姿を現していた。

「ぴゃあああああああああああああああああ──ッ!?」

そのおかげで衝動を脱したシスティーナは慌てて、グレンから飛び離れる。

膝枕をしていたシスティーナが突然、離れたせいで、グレンの頭が教室の床に、ごつんと落ちる。

「あ、痛て……ん？　えーと……魔術の練習は終わったのか……？」

その衝撃で、目を覚まして身を起こし、胡乱げな顔で頭を振るグレン。

「あれ？　システィ。今、何やってたの？　練習って？」

不思議そうにきょとんとするルミアとリィエル。

「ななな、なんでもないなんでもないなんでもなぁあああいッ！」

……その後。

妙に顔を真っ赤にしたシスティーナが、お目々をぐるぐるさせながら、やたら早口で弁明し、グレンの証言もあって、なんとかことなきを得るのであった——

「……今回の話はとても、凄いわ」

いつものカフェにて。

システィーナの持って来た小説を読み終えるや否や、ミスティナは頬を上気させて大絶賛していた。

「ラブシーンに、とても臨場感があるわ……この『ミスティナ』の初心な恋心が凄くよく描けてる……私も読んでいてドキドキしちゃった。きっと、作者さん、とても良い恋をしたのね」

「ハ、ハハハ……ソウデショウカネ……？」

システィーナは頬を引きつらせ、カタコトで応じていた。

「それにしても……そろそろ、この話も佳境ね……」

ミスティナが大切そうに原稿を閉じてテーブルに置きながら、感慨深く言う。

「そ、そうですね、後、一話か二話で完結だと思います」

「生徒と先生の禁断の恋……でも、時代と状況が、二人の恋の成就（じょうじゅ）を許さない……きっと、これはそんな話」

「えっ？」

そんなミスティナの筋立てに、システィーナが目を瞬（しばたた）かせる。

「これまでの話の流れで、二人が幸せに結ばれる伏線は皆無……だから、これはきっと、ほろ苦い悲恋ものなのでしょうね……薄々わかっていたけど、こうして、ずっと追っていた作品がバッドエンドを迎えるとなると、やっぱり切ないわ……作品の完成度としてはその終わり方の方が高いのだけどね」

「…………」

押し黙ってしまうシスティーナ。

（……え？　ええっ？　バッドエンド？　これ、滅茶苦茶（めちゃくちゃ）ハッピーエンドの予定だったんですけど……？）

だが、一般的な読者の視点から見れば、どうやらバッドエンドにするのが普通であり、その方が作品としての完成度は高いらしい。

（これ、バッドエンドの方がいいの……？　で、でも、私は……）

そんなシスティーナの胸中は露知らず。

「今回もとても楽しかったわ、システィーナさん。ご友人にラスト、楽しみにしているわと伝えてくださいね？」

ミスティナはにっこりと微笑むのであった。


——次の日。

「知らん。その小説が趣味とやらの友人に、好きにしろって伝えな」

「そんな……」

学院で、システィーナがグレンに相談を持ちかけると、そんなけんもほろろな答えが返ってくる。

「もっと、真面目に考えてくださいよ……その子、本気で悩んでいるんですよ？」

「あのな。そりゃ、プロ作家や商業用小説なら話は別だがな……本来、物語に正着なんてねえんだ」

食い下がるシスティーナに、グレンがそう返す。

「〝小説が書かれ、また、読まれるのは、人生がただ一度きりであることへの抗議からである〟……誰か、別の人生を追体験できるなら、それは立派な物語なんだ。どんなに話が面白おかしかろうが、クソだろうがな。大事なのは書き手がどうしたいか？　だろ？」

「……それは」

「強いて言うなら、日和るなとそいつに伝えておけ。どんなに読者がそれを求めても、作者が書きたくないものを書いたら、後悔しか残らない……創作ってそんなもんだと思うぜ？」

「…………」

システィーナは考える。

ラストシーンをどうするか？

それを考えに、考えに、考え抜く。

〝貴方の書くことに対する情熱は伝わってきますが、思いつきと勢いに頼りすぎです。もっと話のコンセプトや整合性を大事にしてください。〟

そして、悩んで考え抜いた末に、システィーナが出した結論とは——

………………。

「……やはり、こんな結末になってしまいましたか……」

いつものカフェのいつもの席で。

ミスティナは切なげな表情で、最後の原稿を読み終え、息を吐いた。

「やっぱり、主人公の女の子は最後の最後で一歩踏み出す勇気が出なかったのね……主人公とその相手役の青年は結ばれず……主人公は国のために、親から決められていた許嫁の男と結婚し、相手役の青年との楽しかった日々は美しい思い出となる……」

「ど、どうでしょうか……？　私の友人、話の結末を大分悩んでいたみたいですけど……？」

システィーナがおそるおそる、そう尋ねると、ミスティナはにっこりと微笑んで、答えた。

「ええ、面白かったですよ。とても悲しくて、切ないけど、綺麗な終わり方でした。私の人生において、心に残る一作だと断言できます」

「そ、そうですか……ッ⁉」

嬉しかった。まさか、そこまで評価されるとは思っていなかった。

（結局、日和っちゃったけど、やっぱり、読者が求める展開や、お話の整合性って大事よね！）

おかげで、少し自分の中では消化不良気味というか、納得いかないというか、もやもやするものがあるが、それはきっと仕方のないことなのだろう。

きっと、それが、作家というものなのだ。

──システィーナがそんなことを考えていると。

「ただ……」

不意に、ミスティナが表情を、ほんの微かに悲しそうに曇らせていた。

「あれ？　ただ、なんですか？」

「……ううん、なんでもないわ。これは私のことですから」

「……？」

「とにかく、この作品を書いたご友人にお伝えください。とても素晴らしい作品でした。これからも頑張ってくださ い……と」

「は、はいっ！　必ず伝えます！（もう伝わってますけど！）」

だが、作品を褒められた嬉しさからか、システィーナが、ほんの少しだけ様子がおかしいミスティナを深く気にかけることはなかった。

——その後日。

「……完全にスランプだわ」

システィーナは自室で、白紙原稿を前に頭を抱えていた。

文章がまったく出てこない。

以前は時間を忘れて楽しく小説を書けていたのに、今はとても書くことが億劫だ。苦痛ですらある。

「スランプの原因はなんとなくわかるんだけど……」

やはり、前作の結末を、ミスティナのために、日和って無理やり曲げてしまったせいだろう。

あの時の納得のいかなさを今も引きずっている。これからも読者のためにああいうことを繰り返さねばならないのかと思うと、しんどい。

ゆえに、筆が進まない……

「はぁ……駄目だわ、これ。ちょっとミスティナさんに相談してみようかしら……」

おあつらえ向きに、ちょうど、いつも会う約束をしていた日と時間だ。

そんな風に考え、システィーナはフィーベル邸を後にし、いつものカフェへと向かうのであった。

しかし——


「えええええええ⁉　ミスティナさん、もう来ないんですか⁉」

カフェに来ても、いつも待っていてくれたはずのミスティナの姿がない。

あれ？　どうしたんだろうとシスティーナが戸惑っていると、カフェのマスターがやって来て、そんな驚愕の事実を伝えてきたのだ。

「な、なんでですか⁉　どうしてミスティナさんが……ッ⁉」

「彼女が、この辺りの名家、キャロライン家のご令嬢なのはご存じだよね、君も」

「は、はい……それは……」

「彼女……実は、結婚することになったんだよ。結構、前々から決まっていた話らしい」

「……えっ⁉」

「相手はどこぞのお貴族様。色々と黒い噂が絶えず、女遊びが派手なことで有名な、三十も歳上の男さ」

「はぁ!? 何ですか、その相手！　そんな結婚、ミスティナさんが本当に望んで……ッ!?」

「望まないさ。望むわけもない。完全に彼女の両親と家の都合……政略結婚ってやつさ」

「そ、そんな……酷(ひど)い」

「お嬢ちゃんだけでなく、この店の常連客は皆、そう思っているよ。あんな気立ての良(い)い子がねぇ……不憫(ふびん)だ」

「…………ッ！」

ミスティナを思って、項垂(うなだ)れるシスティーナに、マスターが続ける。

「実は彼女、恋人がいたんだよ」

「え？」

「子供の頃から世話になっていた、家庭教師の恋人でね。彼女も一時は、本気で駆け落ちを考えたらしいし、その恋人も彼女の幸せのためならばと覚悟を決めてくれて、二人の将来の生活のために、色々と準備もしていてくれたらしい。

だけど……ついぞ、彼女は家に逆らう勇気が出なかったそうだ。彼の手を取る勇気がなかった。二人は心から愛し合っていたのにね」

「…………」

なんだろう？　システィーナはこの話に不思議な既視感を覚える。

この話は、この構造は――

「彼女、言っていたよ。〝もし、あの子が持って来てくれる小説の主人公が、勇気を出してハッピーエンドに向かったら……私も勇気を出してみようかな〟って」

「…………ッ⁉」

愕然とするシスティーナ。

〝それに、この作品の主人公の少女『ミスティナ』……なんだか、とても共感できるんです。〟

なぜ、自分が書いた下手くそな小説が、ここまでミスティナの心に響いたのか……システィーナは今、ようやく理解した。

彼女は小説の『ミスティナ』に、自分の境遇を重ねていたのだ――

（で、でも……私が日和っちゃったから……ッ！）

無論、自分のせいではない。全ての決断の責任はミスティナにあり、システィーナには何一つ責任などない。

誰が一番悪いかと言えば、結局、自分の将来のことなのに勇気をもって決断できなかったミスティナなのだ。

（それでも、私は――……ッ！）

と、その時であった。

「ほーう？　ここが件の読書カフェか……へぇ？　この街に、まだ俺が知らない、こんな店があったんだなぁ」

「はい。私もつい最近、知って……本当は、システィも連れてきてあげたかったんですけど、今日はなんだか用事があったみたいで……」

「ん。……ここ、苺タルト、ある？」

なんだか、聞き慣れた声がシスティーナの耳に届き、見慣れた連中が店内に入ってくる。

「……ん？　白猫!?」

「あ、あれっ!?　システィ、どうしてここに……？」

「せ、先生!?　ルミア!?　リィエルまで!?」

唐突な、グレン達の登場に、システィーナも目を瞬かせる。

やがて。

システィーナは気を取り直して、グレンへと歩み寄ると、何らかの決意と共にグレンへ頭を下げ、頼んだ。

「先生……本当に突然ですけど、お願いがあるんです！」

「お、おい、白猫……？」

グレンは何事かと目を白黒させて、そして——


………。


フェジテ東区にある高級住宅街。

豪奢な屋敷が建ち並び、上流階級層や貴族、名門魔術師達が居を構えるこの区画の一角に、キャロライン家のお屋敷はあった。

その屋敷前広場では、数多くの護衛に守られた豪華仕立ての馬車が待機しており、余所行きに着飾ったミスティナや、その両親と思しき人物達の姿が、傍らにあった。

「いやぁ、ミスティナもとうとう嫁ぐ日が来たのう！」

「しかも、その相手は、あの有名な地方貴族、カーマス家のご当主様ですわ！　ミスティナが良縁に恵まれて本当に良かったですわ！」

「………」

両親が口々に言う言葉を、ミスティナは黙って聞き流している。

「ほっほっほ！　カーマス家の力があれば、我がキャロライン家は益々栄える！　我々の富と将来は約束されたようなものじゃのう！」

「ええ、まったくですわ！　ミスティナもあんな平民の家庭教師などより、カーマス家に嫁いだ方がよほど、幸せになれますわ！」

「そうじゃぞ、ミスティナ。あんなつまらぬ男、早く忘れなさい。いくら帝国官僚試験に合格したところで、所詮、平民。そのような卑しい家柄の者など、お前に相応しくないのだよ」

「さぁさぁ、ミスティナ……今日はお前の旅立ちの日……もっとその晴れ姿をよく見せてくださいな」

「…………」

ミスティナは無言。両親の言葉に何一つ言葉を返さず無言でいると……

「ミスティナさんっ！」

突然、そこへシスティーナが息せききって駆けつけていた。

「し、システィーナさん……？」

目を瞬かせるミスティナ。

「な、なんじゃ、君は……？」

「はぁ……庶民がうちのミスティナに何の用？　誰か摘まみ出しなさい」

鬱陶しそうに、システィーナを見やる両親。

だが……

「ええい、うるさいっ！　私はフィーベル家のご令嬢様よ！　フィーベル家！　そこを通しなさいっ！」

出したくはなかったが、システィーナは家の名を出す。

「フィ、フィーベル家……ッ!?　なんと、ここフェジテ古参の大地主家にて、あの名門魔術師の……？」

だが、効果は覿面だった。

なにせ、単純な家格としては、システィーナのフィーベル家の方が、キャロライン家より上なのだ。

ゆえに、特に護衛に邪魔されることなく、システィーナはミスティナの下に近寄ることができた。

「システィーナさん……ど、どうして……ここに……？」

呆然と驚くミスティナに、システィーナはずいっと原稿の束を差し出す。

「まずは、今すぐ、これを読んでください、ミスティナさん……」

システィーナの訴えかけるように真剣な目に、ミスティナは思わず、その原稿を受け取るのであった。


……しばらくして。

「これは、私がずっと読んでいた、あの小説……でも、これは……」

小説を読み終えたミスティナは、愕然としていた。

「そうです、ハッピーエンド。これがこの物語の本当の結末なんです」

「……ッ!?」

しばらくの間、ミスティナは呆けていたが……

「……ぷっ」

やがて、堪えられないとばかりにくすくす笑い出した。

「ふふふ、なんでしょう？　これ。ラストシーンで主人公と相手役が協力して、並み居る敵達を片端からボコボコにしちゃって……あはは、これは滅茶苦茶ですよ、伏線も整合性もなにもないです、システィーナさん……でも……」

ほんの少し目尻に浮かんだ涙を拭って、ミスティナが呟いた。

「……すごく、面白かった」

そんなミスティナへ、システィーナが告白する。

「今まで嘘を吐いていてごめんなさい……この作品、本当は私が書いていたものなんです」

「！」

「でも、貴女の期待に応えたいから、結末を日和っちゃって……私、それをずっと後悔していて……」

「そうだったの……」

「そして、ミスティナさん……貴女の事情も聞きました。本来なら、子供の私が余計な口出ししていい案件ではないのかもしれませんが……私、ミスティナさんには、後悔して欲しくないんです！　だって、ミスティナさんは、私の作品で……初めての、たった一人のファンなんですから！」

「システィーナさん……」

「結末を日和ると、本当に後悔するんです！　私みたいな三流小説の結末ですら後悔するんです！　ましてや、結婚なんて……だから、ミスティナさん！　もし、本当に望まぬ結婚なら、どうか勇気を出してください！　きっと貴女の恋人の方だって、貴女を待っていますよ⁉」

「わ、私は……」

ミスティナが震えていると。

そこに一人の人の好さそうな青年が新たに姿を現していた。

「ミスティナ！」

「ロックさん⁉」

その青年を目にするや否や、驚愕に固まるミスティナ。

「ほっ、よかった……グレン先生、間に合ったのね」

そんな風に安堵の息を吐くシスティーナを余所に、ミスティナと現れた青年が向き合う。

「ロックさん、どうしてここに？」

「ミスティナ……やっぱり、俺は君のことを諦めきれない！」

ミスティナの元・家庭教師にて恋人……ロックが、必死にミスティナへと訴えかける。

「身の程知らずなのはわかってる！　だけど、ミスティナ……俺は君のことを必ず守る！

幸せにする！　だから……どうか勇気を出して、俺についてきてくれないか⁉」

そんなロックの言葉に……

「あ……」

ミスティナは、ほろりと涙を零した。

「……ありがとう、システィーナさん……なんだか、私……ようやく決心がつきました……」

そう言って。

ミスティナは駆け出し、ロックに正面から抱きつくのであった。

「ふ、ふざけるなっ！」

こんな展開、たまったものではないのが、ミスティナの両親である。

「ミスティナ、お前、カーマス家との婚姻をなんだと思っているのだ⁉」

「そうですわ！　貴女がカーマス家に嫁ぐことで、どれほどの富と名誉が私達にもたらされると……ッ⁉」

「ごめんなさい、お父様、お母様。ミスティナは……この方についていきますわ！」

「そんな平民風情など認められるかッ！　ええい、者共ッ！　出会え、出会え～ッ！」

顔を真っ赤にした両親が、周囲の私兵達に命じ、ミスティナやロックを取り押さえさせようとする。

だが……

「どっせええええええい！」

「いいやぁあああああ――ッ!?」

「「「ぐわぁあああ――ッ!?」」」

不意に飛び込んできた、グレンとリィエルが、拳と大剣の峰打ちで、私兵達を木の葉のように蹴散らしていた。

「先生！　ナイス！」

「ったく、人を探せっつったり、荒事の処理お願いっつったり、人使いの荒い生徒だこと！」

だが、満更でもない様子で、グレンはリィエルと共に、次々と私兵達を蹴散らしていた。

「でも、先生、こういうの嫌いじゃないですよね!?」

システィーナも突風の呪文を放ち、グレンを援護する。

「へっ！　まあな!?　俺は深くてほろ苦いバッドエンドより、多少、無理やりでもハッピーエンドの方が大好物なんでね！」

にやりと笑い合うグレンとシスティーナ。

大混乱となったその場を前に、呆気にとられるミスティナとロックに。

「ミスティナさん！　ロックさん！　さぁ、今のうちに！　こっちです！」

ルミアの手引きで、ミスティナ達はその場を悠々と離れていく……

　そして、その去り際に。

「ありがとう、システィーナさん！」

　ミスティナが涙混じりに声を張り上げる。

「私……貴女に会えてよかった！　本当にありがとう！　またいつか、貴女の作品、読ませてくださいねっ！」

　そんなミスティナの言葉を背中に受けて。

　システィーナは無言で、親指を立ててみせるのであった。


　そして、時は流れ――


　とある日、魔術学院の教室にて。

「あ、先生。先日、ミスティナさんとロックさん、無事に地方で結婚式を挙げたそうよ？」

「ほう？」

　手紙で受けたミスティナ達の近況報告を、システィーナはグレンへと話していた。

「ロックさんも無事、地方省庁勤めが決まったし、生活もそれなりに安定しているみたい。

なんだか、文面から二人のとっても幸せそうな様子が伝わってくるわ」

「ったく、リア充どもめ……爆発しろってんだ」

だが、そんなことを嘯くグレンの表情はどこか穏やかだ。

「……先生も、今回の件は本当に色々とありがとう。……色々とね」

そう言って、システィーナは、ん～っと伸びをして席を立つ。

「ん？　どこへ行くんだ？」

「内緒♪」

いたずらっぽく笑って、システィーナは教室を去って行く。

「……うん、やっぱり、小説を書くって凄く楽しいことなんだよね。……なんだか、最近、賞を取ることばかり意識しすぎて、すっかり忘れてた」

足取り軽く、システィーナがフェジテの街中を歩く。

向かう先はいつものあのカフェだ。

「ミスティナさんのおかげで思い出すことができた……うん、そうだね、書きたいものを書こう。人から評価されなくたって構わない。だって、書くという行為、それ自体がとても楽しいことなんだから……」

とりあえず、次回作だ。

まだ、話の筋も設定も何も決まっていないが……とりあえず、主人公の女の子と相手役の名前だけは決まっているのだ。

セルフィーナとグレイ。

「……やっぱり、書きたいものを、書かなくっちゃね？」

そんなことを、誰へともなく楽しげに呟いて。

システィーナは、意気揚々と、読書カフェ『ミューズ・ライブラリー』の扉を開くのであった――

魔導探偵ロザリーの事件簿・虚栄編

Sorcerous Detective Rosary's Case Files: The Tale of Vanity

Memory records of bastard magic instructor

『フェジテに舞い降りた奇跡の魔導探偵ロザリー＝デイテート』

『またもや怪奇事件の闇中に隠されし真実を見抜く、その怜悧なる双眸』

『彼女の魂が震える時、それは邪悪の慟哭が辺獄に響く時』

『彼女こそ、この現実世界に天が遣わせたシャール＝ロックか？』

ぐしゃぐしゃぐしゃーッ！

ひたすら景気の良い見出し文が小気味よく躍る新聞を、その人物は憤怒を込めて、ねじり上げていた。

「お、おのれ、ロザリー＝デイテートめ……ッ！」

ロザリー＝デイテート……最近、このフェジテを賑わせる新進気鋭の魔導探偵の少女だ。

曰く、名門貴族出身の超一流魔術師でありながら、その人物像は磊落にして気さく。主に庶民からの依頼を率先して受けることで知られ、普通の魔導探偵ならば、鼻で笑って拒否するような簡単で低報酬な仕事……ペットなどの失せ物捜しを普段はやっている。しかし、その達成率は驚異の１００％。簡単な依頼とはいえ、これは凄まじい数値であり、彼女の卓越した魔術の技量の片鱗を窺わせる。

だがしかし、彼女は普通の魔導探偵が好む高額報酬の仕事……例えば、貴族や富豪が持ち込んでくる人物調査や世論操作、怪奇や呪い関連の仕事をほとんど受けない。手っ取り早く利益に繋がる大仕事はやらないのだ。

曰く『魂が震えてないから』。

そんな意味不明の理由で、卓越した魔導の技術を、平時は失せ物捜しで安売りしていることから、同業者から魔導探偵としての誇りはないのかと揶揄されることもしばしば。

だが、そんな彼女が、たまに気まぐれに『魂が震えて』、誰もがさじを投げるような高難度の依頼や事件を引き受けると、その卓越した魔導の技と推理力を駆使し、あっという間に解決してしまうのである。

とある小説の主人公にも似た、彼女の偏屈な在り方は民衆にとっては好ましく映るらしく、今の彼女はもうすっかりフェジテのヒーローであった。

「くっ。こんな意味不明のわけわからぬやつに……ッ！　ロザリー＝デイテート……あの女に、なんとか一泡吹かせられぬものか……ッ！　くそッ！」

そして、ロザリーに対する怨嗟を吐き散らすその人物は――

――。

「ふ　ざ　け　る　なぁあああああああああああああ――ッ！」

人気のないアルザーノ帝国魔術学院の裏庭に、グレンの絶叫が響き渡る。

「そこをなんとか！　お慈悲を！　お慈悲をぉおおおお――ッ！」

対するロザリーの悲痛な懇願がアンサンブルする。

一言で言えば、そこに存在するのは土下座であった。まるで天使のように優雅な空舞から繰り出された、完膚なきまでの土下座。そんな体勢のロザリーが、グレンの足下で額を地につけ平伏(ひれふ)している。

「最近、フェジテを騒がす謎の怪盗の逮捕依頼⁉　冗談じゃねえ！　俺は警備官じゃねーぞ⁉」

「そっ！　そこをなんとかっ！　今回の依頼は、久々に『魂が震えた』んですぅ！　だ、だから、これは私が命をかけて引き受けなければならない依頼だと思いまして……ッ！」

「てめえが震えているのは魂じゃなくて懐(ふところ)だろう⁉　寒くてな！　そりゃ命がけにもなるだろうよ⁉　餓死が迫ってんだからなぁ⁉」

「そ、そうなんですよねぇ？」

すると、ロザリーは土下座の体勢からチラッとグレンを見上げる。

「普段の私って、普通の高額報酬の依頼、受けられないんですよねぇ？　魔術の腕ショボいですから。ド三流ですから。だから、普段は失せ物捜しだけで細々と食い繋いでるんですけど」

「まぁ、お前、ペンデュラム・ダウジングだけは得意だしな！　つか、それ以外できねーしな！」

「でもでも、今月ばかりは、すこぶるピンチでして！　是非、先輩のお力を借りたくて……ッ！」

「ええい、今度は何を買った⁉」

「このインバネスコートをニーファの新作に新調し、ラトレの高級香水を買いました！　ほら、私、良い匂いするでしょう？　この芳しい香りをかいでいると、心が満たされ――」

「腹を満たせ、この大馬鹿野郎！」

ぐしゃーっ！　容赦なくロザリーの頭を踏みつけるグレンであった。

「と、とにかくお願いしますよぉ！　私、先輩の助けがないと高額報酬の依頼、受けられないんですぅ！　今回も助けてください――ッ！　私には先輩がいないと駄目なんですぅ――ッ！」

そう、今までロザリーが解決してきたとされる難事件のほとんどは、その時、たまたま助手を務めたグレンの手柄だったのである。

「あのな、お前さぁ。俺だって、いつまでもお前の面倒見ていられるわけじゃねえんだぞ？　そろそろ現実を見て魔導探偵なんてやめて、もっとマトモな就職先をだな……」

「うっ、わかりました……なら、私も覚悟を決めます！　私、先輩に永久就職します！

炊事洗濯掃除なんでもします！　一応、貴族の私ですよ⁉　先輩もきっと嬉しいですよ
ね⁉　だから、夫として私に協力──」

「誰がお前みたいな産業廃棄物、嫁に娶るか⁉」

「酷い⁉」

足の下で藻掻くロザリーを尻目に、やれやれとグレンは頭を掻く。

（まぁ……これでちゃんと報酬は山分けだし、俺も万年金欠だから別にいーんだけどよ
……もう少しなんとかならんのか？　コイツ）

どうにも世話の焼ける後輩に、グレンは溜め息しか出ない。

──と、その時だった。

ロザリーが突然、ばっ！　と身体をはね上げ、立ち上がる。

そして、テキパキと髪と服装の乱れを直し、埃を払う。腕組みして目を閉じ、傍らの木
に背を預け、クールに言い放つ。

「それで？　結局、私の助手を務めてくれるのですかな？　グレン君」

「え？　急に何、お前？　キモ」

今までの情けない有様とは裏腹に、なぜか急に威風堂々とし始めたロザリーを前に、グレンが頬を引きつらせていると。

「ぁあああああああ――ッ⁉」

その場に素っ頓狂な声が響き渡り、複数の人の気配がパタパタと近付いてくるのがわかった。

そこに現れたのは……

「ひょっとして……貴女、あのロザリー＝デイテートさん⁉」

頬を上気させ、興奮気味なシスティーナと。

「……ろざりー？　システィーナがいつも褒めてた、すごい人？」

いつも通りの眠たげな無表情で、小首を傾げるリィエルと。

「あ、あはは……お久しぶりです、ロザリーさん……」

そして、すでにロザリーと面識があるルミアであった。

「お、お前ら……」

そういうことかよ、とグレンがロザリーを睨むと、当のロザリーはどこ吹く風でクールに構えている。その高貴な装いもあいまって、見てくれだけは底の知れない〝デキる〟人物だ。

（ほんっとうにコイツは、外面を取り繕うことだけは余念がねえな⁉）

そんな風に、グレンが胸中で悪態を吐いていると。

「ろ、ロザリーさんですよね⁉　本物のロザリーさんですよね⁉　新聞や雑誌の写像画じゃない、本物の……うわーっ！　うわぁ──っ！」

システィーナはロザリーを前に、目をキラキラさせて大騒ぎだ。

実はシスティーナ、魔導探偵ロザリーの活躍の記事を、スクラップにして集めているほど、ロザリーの大ファンであった。

（事実を知らないって怖え……）

目眩がするグレンを余所に。

ロザリーは、そのクールなポーズのまま、わざとらしく片目だけ開いて涼しげに言う。

「やれやれ。不本意ながら私も名が売れてしまったようですね。ええ、いかにも、私は恐らく貴女が知るロザリー＝デイテート。でも、名乗る程の者じゃありません」

（実際、名乗る程の者じゃねーしな）

「なにせ、私はただ、自分の心の赴くまま謎を解いていただけ。生来の難儀な性分ゆえ、それを為さねば、私は死んだも同然ですから」

（……餓死的な意味でな）

そして、そんなグレンの心の中の律儀な突っ込みなど露程も知らず。

「さ、流石はプロ中のプロ……凡庸な人達とは言うことが違うわ！」

「ん、よくわからないけど、なんかすごい気がする」

システィーナはさらに強まった憧憬の視線をロザリーへと送り、リィエルが目を丸くする。

「え、えーと……」

ただ一人、裏事情を察しているルミアだけが苦笑いだ。

「でも、先生！　どうして、ロザリーさんと一緒なんですか⁉」

「えーと、それはだな……」

システィーナにどう説明したものか、グレンが迷っていると。

「実は彼、私の先輩なんですよ。この魔術学院生時代のね」

その一瞬の迷いを突いて、ロザリーがそう言ってのける。

「ぇえええええ⁉　先輩⁉　先生がロザリーさんの⁉　ぜ、全然、知らなかった……ッ！」

「ええ、それでその縁もあって、先輩には、私の助手をよく務めてもらっているんです」

「じょ、助手——ッ⁉　先生がロザリーさんの助手⁉　嘘ぉ⁉」

ロザリーの言葉に、一々大騒ぎするシスティーナがグレンへ詰め寄る。

「先生！　ロザリーさんの足、引っ張ってませんよね⁉　ちゃんと真面目にやってますよね⁉」

システィーナがそう問い詰めると、ロザリーが余裕たっぷりに口を挟む。

「大丈夫ですよ。先輩には、いつも助けられていますから。実はここだけの話、先輩がいないと解決できなかった事件ばかりなんですよ？　だから、そんなに先輩を虐めないでください」

「まーたまた、ロザリーさんったら……ほら、先生、聞きました？　なんか凄く気を遣われて、フォローされちゃってますよ？　はぁー……こんなんじゃ、実際の現場の様子が思い浮かびますね……まったく」

「事実なんだが」

頭が痛くなってくるグレンであった。風聞でロザリーに心酔しているシスティーナは、余裕たっぷりなロザリーの言葉を全て、何か含みがあるように感じてしまっているらしい。

「あ！　そういえば、こうして、今、先生とロザリーさんが一緒にいるってことは……ッ⁉」

そして、それを察したシスティーナが声を張り上げる。

「ええ、そうです。これから私はとある大事件に挑みます。その助手を先輩に頼んでいたところなんですよ」

「事件⁉ ロザリーさん、事件に挑むんですか⁉ ということは、久しぶりに『魂が震えた』んですね⁉ うわぁ、頑張ってくださいっ！ それにしても……」

くるり、と。グレンを羨望（せんぼう）の目で振り返るシスティーナ。

「いいなぁ、先生……あのロザリーさんの助手を務めることができるなんて……あのロザリーさんと一緒に事件に立ち向かえるなんて、いいなぁ」

「正気か、お前」

グレンが苦虫を噛（か）み潰したように、システィーナにそっと耳打ちする。

「あのさ……お前なら、もうわかるだろ？ ロザリーが三流以下のヘッポコ魔術師だってことくらい」

「は？」

「霊的な視覚で、ロザリーをよく見てみろよ。ロザリーは……」

「な、何を言ってるんですか⁉」

途端、システィーナがいきり立つ。

「確かに、ロザリーさんが纏（まと）う、あの静かで小さ過ぎる魔力……まるで一般人レベル！

とても魔術師だとは思えないレベルですよ⁉」

「だろ？　つまり……」

「ええ、つまり、ロザリーさんはその身に余る強大な魔力を完全に制御し、完璧に抑えきっている……そういうことですよね⁉」

「ちゃうわ！」

「大きな魔力ほど隠すのは難しい……ロザリーさんほどの大魔術師が一般人レベルまで抑えているということは、それ即ち、ロザリーさんが恐ろしく高度な魔力制御技術を持っている……超一流の魔術師であることの証しじゃないですか⁉　まったく、先生は一体、何をふざけたことを言っているんですか⁉　常識ですよ、常識！」

「駄目だ、こりゃ」

何かに夢中になると、いつもの聡明な判断力を失う困った悪癖が、システィーナにはある。

グレンは救いを求めるように、リィエルを見た。

「なぁ、リィエル。お前なら、その動物的勘でわかるだろ？　あいつが何の能も芸もないド素人だってこと」

「……ん。そう見える。少し剣が使えるみたいだけど……なんか隙だらけで弱そう。でも

「……」

けれど、リィエルは、やたら自信満々にロザリーを賞賛するシスティーナを、迷ったように見る。

「……そういえば、バーナードが言ってた。本当に強い人は、普段は隙だらけだって。いざという時だけ、一瞬で全ての隙を消すんだって」

「や、それはだから、人外の領域に極まった武人だけの話でな……」

「だから、試してみる」

「は？」

リィエルが宣言した、その刹那。

リィエルは紫電が走るようにロザリーへ突進していた。

そして、瞬時にその手に大剣を生成し、ロザリーへ斬りかかる。

その挙動はまさに、蒼い閃光だ。

「ちょ、おまっ⁉　リィ――」

止める暇もない、一瞬の出来事。

対するロザリーは、相変わらずクールなポーズで余所見。斬りかかるリィエルに気付いてすらいない。リィエルの不意討ちに対応できるはずもない。

——だが。

「あ、小銭見っけ。らっき♪」

それは偶然。

本当に偶然、落ちてる小銭を見つけたロザリーが、それを拾おうと身を屈め——その刹那、その真上をリィエルの大剣が横一文字に一閃する。

ずばっ！　斬り飛ばされ、空に飛んでいくロザリーの背後の木。

「え？　何コレ？　ここに木、ありませんでしたっけ？　……え？」

「す、凄い⁉　リィエルの剣を、見もせずに、最小限の動きでかわすなんて……ッ⁉」

狼狽えまくるロザリーを、システィーナが目を丸くして見つめ……

「本気だったのに……グレン、ロザリーは本物。多分、わたしより強い」

「どやかましゃあああああああああああああああ——ッ⁉」

「痛い」

ぐりぐりぐりぐりーッ！

無表情ながら、何かを強く確信したようなリィエルのこめかみを、グレンが拳で挟んで抉りまくる。

「これは……決まりね！」

「え？　何が決まったの？　ねぇ？」

そして、何かを一大決心したようなシスティーナの様子に、グレンは猛烈に嫌な予感を覚えた。

システィーナは、切られた木の断面の年輪を、真っ青な顔で触っているロザリーの前へと出る。

そして、頭を下げて言った。

「ロザリーさんっ！　お願いがありますっ！　身の程知らずなことは重々承知しています！　それでもお願いがあるんですっ！　私を――」

――とまぁ、そんな経緯で。

「ようこそおいでくださいました。ロザリー＝デイテート様。この度は、我が主の依頼を引き受けてくださり、真にありがとうございます」

フェジテの東地区、高級住宅街にあるとある貴族屋敷の応接間にて。

今回の依頼主に仕える老執事が、朗らかな笑みを浮かべ、ロザリーに応対していた。

すると、ソファーに腰掛けていたロザリーが、威風堂々と立ち上がる。

「ふっ、当然ですね」

ばっ！　と高級インバネスコートを翻し、ロザリーは高々と宣言した。

「ミスタ卿の財産を狙うその不埒な怪盗は、この私が必ず捕まえてみせましょう！　この世紀の魔導探偵——ロザリー＝デイテートの名にかけて！」

そして、ロザリーは、自分の背後に控える者達を振り返る。

「というわけで！　心の準備はいいですか、私の助手達！」

そんなことを、どや顔で言うロザリーを前に。

「…………………」

グレンは半眼の無言で。

「はいっ！　ロザリーさんの助手を務めることができるなんて光栄です！　私、精一杯頑張ります！」

「ん、がんばる」

システィーナとリィエルが、目をきらきらさせて、そう元気良く応じて。

「あ、あはは……ふつつか者ですが、どうかよろしくお願いしますね」

ルミアが苦笑いで応じて。

「ふっ！　なんて頼もしい助手達なのでしょうか！　これはもう勝ったも同然ですよね！

ねぇ、先輩⁉」

そんな嬉しそうなロザリーを前に。

「どうしてこうなった……？」

「うーん？」

グレンはがっくりと項垂れ、ルミアが曖昧に応じる。

こうして、システィーナ達まで巻き込み、今回もロザリーは奇妙な事件に挑むのであった——


ロザリー達は老執事に案内され、屋敷内を歩いて行く。

「ご主人様……ただ今、ロザリー様をお連れしました」

やがて、老執事は、依頼主の書斎らしき部屋の扉を、がちゃりと開いた。

「私は絶対に反対ですッ！」

すると、そんな強い拒絶の叫びが、グレン達を出迎えた。

「……ん？」

見れば、制服に身を包んだ、年若く見目麗しい女性警備官が、恰幅の良い紳士へと詰め寄っている。その制服の徽章から察するに、彼女の階級は警邏正。つまり、上級官僚試験を上位合格したキャリア組のエリートだ。

（つまり、ガチ優秀なやつってことだ……うちのロザリーと違って）

そんな風に、グレンがしみじみと考えていると。

「まぁまぁ、テレーズ君、落ち着きたまえ」

「これが落ち着いていられますかッ⁉　ロザリー＝デイテート⁉　卿の家宝警備に、そのようなどこの馬の骨だかわからない者を加えるなどとは！　ここは我等がフェジテ警邏庁に、全面的に任せていただきたい！　ミスタ卿！」

と、至極真っ当なことを主張している女性警備官テレーズ。

「だがなぁ、テレーズ君……私は不安なのだよ……我が家に代々伝わる家宝に万が一のことがあったらと思うと、君達だけに任せていいものかと」

「し、しかし……ッ！」

「かの有名な魔導探偵ロザリー君ならば、必ずや家宝を守ってくれる……私はそう信じている」

と、節穴極まりない、今回の依頼主である紳士、ミスタ卿。

「くっ……なぜだ……ッ！　最近は誰も彼もロザリー、ロザリー……あのような、現場に横やりを入れるお邪魔虫がなぜこうも……ッ⁉」

法と正義の番人たる警邏庁よりも、たかが一私立探偵が頼られる状況は、エリートであるテレーズのプライドをすこぶる傷つけるのだろう。

「以前、私はロザリーを独自に調べたことがある……だから私は知っている！　やつは本物の能なしだ！　中身が空っぽの無能だ！　だから、やつが解決した事件など全て偶然の産物！　もしくは、やつの代わりに別の優秀な誰かが解決したに決まってる！　なのになぜ、皆、こうも騙される⁉」

テレーズはひたすら憤り、ド正論と事実を吐き散らしまくっていた。

そんなテレーズの怨嗟を前に。

「うーん、有能！」

「ええと……ノーコメントで」

グレンが感心したように、ルミアが何か察したように言葉を濁して。

「な、何よ、あの人……能ある鷹は爪を隠すって言葉、知らないの？　どうせ、ロザリーさんの凄まじい才能に嫉妬しているだけだわ」

「ん。ロザリーがすごいのは事実」

システィーナとリィエルが憮然として。

「ぐぬぬぬ、なんですか、あの嫌な女は……ッ！　許すまじ！」

そして、当のロザリーは大層ご立腹であった。

「や、でもなぁ、ロザリー……あの女の言ってること、全部事実だろ？　どっか反論箇所あったか？」

「酷いです⁉」

グレンの容赦ない耳打ちに、ロザリーが涙目になる。

「でもでも、腹が立つものは立つんです！　こうなったら……ッ！」

すると、ロザリーは懐から接着材のようなチューブを取り出した。

「なんだそりゃ？」

「ふふん、私が作った魔道具『悪戯スライム』ですぅ！」

得意げに胸を張るロザリー。

「ふふふ、このスライムはですね、とにかく肌感触が気持ち悪いんですよね。ほら、黒板を爪でひっかくと嫌な音がするでしょう？　あの時に感じるような寒気がぞわぞわとするんですよコレ！　そして、このスライムが一度肌にくっつくと、この中和剤を使わないとなかなか取れないんです！」

「お前、そーゆーくだらない魔道具を作るのだけは昔から上手かったよな……で？　それをどうするんだ？」

「それはもちろん、こうやって、自分の手に盛ってですね……」

ロザリーがチューブを搾り、中のスライムをぶりゅぶりゅと自分の右手に盛っていく。

「うひゃあああああ⁉　ぞわっと来たぁ⁉　と、とにかく、このスライム塗れの手で、あの嫌な女に握手を求めるわけです！　ふっふーん、どうですか⁉　この意趣返し！」

手に感じる気持ち悪さに頬を引きつらせ、身悶えしているロザリー。

「バカかお前は」

グレンはもう戦慄するほど、呆れ果てるしかなかった。

「というわけで、突貫！　やぁやぁ、そこの貴女――」

と、ロザリーがテレーズへ向かって駆け出した……その時だった。

「お、おお！　ロザリーさん⁉　来て下さったのですね！　私が今回、貴女に依頼したミスタです！」

逸早くロザリーの接近に気付いたミスタ卿が割って入り、ロザリーに握手を求めて、手を差し出し……

「あ」

ぎゅっ。

つい、ミスタ卿と握手をしてしまったのだ……スライム塗れの手で。

その結果——

「お、ぉお？　ほぉおおおおおおおおわぁああああああ——ッ！」

まぁ、当然、大惨事である。

「気持ち悪ッ⁉　何コレェ⁉　気持ち悪ぅううううう——ッ⁉」

「あああッ⁉　ミスタ卿ぉおおお——ッ⁉　ごめんなさい、ごめんなさいですぅ⁉　狙いは貴方（あなた）じゃなくて、そこの嫌な女でして……ッ！」

「おい！　ロザリー、このバカ！　余計なこと言ってないで、早く中和剤出せぇえええ——ッ！」

そんなこんなで。

ロザリーと依頼人の面会は、最低最悪なものとなるのであった。

「くっ、これがロザリー？　バカだとは思っていたが、私の想像を遥（はる）かに絶する天元突破バカではないかッ！」

そんな間抜けなロザリーの姿を、テレーズはただただ憎々しげに睨（にら）み付けるのであった。

「——というわけでして。当家の家宝……名剣【鎧斬（よろい）り】でございます」

「おおお……ッ！」

その部屋に案内されたグレン達は、感嘆の息を漏らしていた。

その部屋は屋敷の奥まった場所にある手狭な宝物庫であり、部屋の中央の石の金床に、一振りの見事な拵えの魔剣が刺さっている。

そして、その周囲には三つの魔術結界が存在し、魔力が走っていた。

「中世前期に、希代の剣匠ガーランドが打った魔剣だ。今は骨董品価値もつき、五十万リルはくだらん」

テレーズがそんなことを言って、剣に近付いていく。

「そして、この剣の周りのミスタ家秘伝の三重封印結界のため、剣を持ち出すことは、ほぼ不可能だ」

「防犯設備は完璧というわけか」

グレンの言葉にテレーズが頷く。

「うむ。だが、それに油断せず、この剣を頂くと、犯行予告を出した謎の怪盗の手から守り、その怪盗を逮捕するのが我々の仕事のわけだが……」

テレーズがロザリーを見やる。

「おい、そこのアホ女！　貴様、私の話を聞いているのか⁉」

「ううぅ……だってだって、手が気持ち悪くてぇ……ひぃうえぇぇ」

中和剤の用意が一人分しかなかったため、ロザリーの右手は未だスライム塗れのままであった。

そんなロザリーの姿を見て、テレーズがビキビキとこめかみに青筋を立てながら、説明を続ける。

「犯行予告を出したのは、最近、このフェジテを騒がす謎の怪盗Qだ」

「怪盗Qって……確か、悪徳商人や横暴貴族からしか盗まない、あの凄腕の泥棒さんだよね？」

「うん……最近は、ロザリーさんと並んで、このフェジテでは有名ね」

ルミアの言葉に、システィーナが頷いた。

怪盗Q——狙った獲物は逃さない、神出鬼没の魔術師盗賊である。以前より帝国全土に出没していたが、最近は活動の中心をフェジテに移したらしく、よく紙上を賑わしていた。

「この厳重な防犯警備に対して犯行予告など、本来ならば悪戯と放っておくところだが、あの怪盗Qならばやりかねん。そのため、我々フェジテ警邏庁捜査第一課と……」

「ふふん、この世紀の大魔導探偵ロザリー＝デイテートの出番というわけですな！　あっはははは——っ！」

どこまでもどや顔なロザリーに、テレーズがさらに苛立つ。

「くっ、ロザリー、貴様、わかっているのか、この事件の重要性を⁉　今回の件は、我々フェジテ警邏庁が総力をあげて警備する上に、不本意ながら〝名探偵〟と名高き貴様まで加わっているのだッ！　この屋敷の周囲を見たか⁉　フェジテ中の新聞社が大挙してたむろしているのだぞ⁉　それだけ世間が、今回のこの一件に注目しているということだッ！」

「はー？　それで？」

「万が一、そのQとやらに家宝を奪われてみろ！　我々の面子は丸潰れの上に、貴様はマスコミにつるし上げられて一巻の終わりだ！　それを理解しているなら、もっと真面目に――」

だが。

「ふっ……どこまでもお馬鹿さんですね、テレーズさん」

ロザリーは不敵に言った。

「なんだと⁉」

「はー？　万が一？　この魔導探偵ロザリーがついているんですよ？　まんまと盗まれるなんて、そんなの万が一にもあり得るわけないでしょう？」

「くっ⁉　何を根拠に――」

「テレーズさん。きっと、貴女は不安なのですね？　わかりますよ？　なにせ万が一盗まれたら、今まで自分が必死に作り上げてきたキャリアに傷がつく……所詮、凡俗の思考なぞ、その程度ですぅ」

「な……そ、そんなことは……ッ！」

だが、幾ばくかは図星を突かれたらしいテレーズがたじろぐ。

「いいんですよ、別に己の肩書きを大切にすることそれ自体は悪いことではないですから。けれど、この己の力を信じる心の強さの差……それがそのまま、私と貴女の格の差ですぅ」

顔面のど真ん中をぶん殴り抜きたくなるどや顔のロザリーの言葉に。

「さ、流石、ロザリーさんっ！　そこに痺れる憧れますっ！」

「ん。やっぱりロザリーすごい」

システィーナとリィエルは尊敬の眼差しでロザリーを見つめて。

「本当に大丈夫なのか？　あいつ」

「う、う～ん……？」

グレンとルミアはひたすら心配そうなのであった。

「ちっ！　ならば、お手並み拝見させてもらうぞッ！　後でその〝万が一〟に泣かされた時、精々吠え面をかかぬことだ……ッ！」

そして、大見得を切られ、おまけに痛い所も突かれたテレーズは、忌々しげに退散するしかなかった。

「ふん！　三下め！　ですぅ！」

そんなロザリーへ、グレンが溜め息混じりに耳打ちする。

「ロザリー。実際、どうなんだ？」

「ん？　何がですか？」

「今回の依頼は、今まで俺とお前で解決してきた事件とは毛色が違う。その怪盗Qとかいうやつを事前に調べたんだが……確かに得体が知れん。その万が一、あり得るぞ？」

「ちょ⁉　不安にさせるようなこと言わないでくださいよぉ⁉」

自信なげなグレンへ、ロザリーが涙目で詰め寄った。

「だ、大丈夫ですよ⁉　だって、剣回りの防犯設備見ましたよね⁉」

「ああ、見たさ」

グレンがちらりと、剣の周りの三つの魔術法陣を見る。

「このミスタ家秘伝の三重封印結界……コレを正面から破るには、腕利きの解呪師が何人も必要だ。時間も数時間単位で必要になるだろうよ」

「そうですよ！　それに敷地内には警備官が山ほど！　この宝物庫に入る唯一の扉の前には、先輩や頼れる私の助手達！　ＪだかＱだか知りませんけど、この完璧な警備をかいくぐって剣盗むなんて、絶対、不可能ですよ！　捕まりに来るようなものです！」

「………………」

「つまり、この戦いは始まる前からもうすでに勝っているんです！　あっはははははは──っ！」

楽観的に高笑いするロザリー。

（まぁ、そりゃそうなんだが……）

だが、何か妙に引っかかるグレンであった。

こうして、ミスタ卿の家宝の剣の警備は始まった。

屋敷と敷地内を、フェジテ警邏庁の選りすぐり警備官達が、テレーズ警邏正の指揮の下、厳重に警備を行う。

そして、宝物庫の扉の前を、ロザリーやグレン達、そして、テレーズやその直属の部下達で固めている。

謎の怪盗Ｑの犯行予告時間は、深夜０時。日付の変わる時。

その時間が近付くにつれ、屋敷内は独特の緊張に包まれていく……

「よし！　こっちは異常なし！　リィエル、そっちの様子はどう⁉」

「ん、大丈夫！」

「うん！　私達がいる限り、怪しい人は一歩たりとも近付かせないわ！」

異常に張り切っているシスティーナとリィエル。

そんな二人を、なんでこんな子供達まで現場に……？　と、テレーズが苦い表情で見つめている。

「せ、先生……本当に来るんでしょうか……そのQさんとかいう人」

そんな最中、ルミアが不安げに隣のグレンに耳打ちしていた。

「まぁ、普通なら来ねえ。ミスタ家秘伝の三重結界は、突破不可能だ。それに加えて、この警備の数……あまりにも無謀が過ぎる」

「そ、そうですよね……私も何かこう腑に落ちなくて……」

グレンとルミアが頭を傾げる。

そして、グレンは背後のロザリーを振り向いて問いかける。

「なぁ、ロザリー。お前も改めて妙だとは思わないか？　この事件……」

が。

「ｚｚｚ……ｚｚｚ……」

ロザリーは立ちながら眠っていた。

「お疲れみたいだね、ロザリーくぅううん⁉　立ってちゃ疲れが取れないから、そのまま永眠することをオススメするよぉおおお――ッ⁉」

「ぎゃ――ッ⁉　ギブギブ先輩ぃいいいいい――ッ⁉」

ロザリーの首に組みつき、本気で絞め落としにかかるグレン。

「ちょ⁉　先生！　ロザリーさんになんてことしてるんですか⁉」

「ん。グレン、ロザリーいじめちゃ駄目！」

すると、たちまち抗議にやってくるシスティーナ＆リィエル。

「お前らさぁ、さっきのスライム騒ぎといい、今、居眠りしてたことといい、もうこいつの本性バレバレだろ⁉　いい加減、目を覚ませ、バカ！」

「な、何言ってるんですか⁉」

すると、システィーナが真っ赤になって反論した。

「居眠りだなんてそんな！　ロザリーさんは今、来たるべき時に備え、瞑想をして精神統一していたに決まってるじゃないですか！」

「ん。すごい剣士は、なんかこう……皆、瞑想してるイメージ」

「それを邪魔して！　もうっ！　助手の自覚あるんですか、先生⁉」

「じゃ、じゃあ、さっきのスライムはなんだよ⁉」

「あれは探偵流ジョークに決まっているでしょう⁉　今、フェジテで超有名で偉大なる大探偵ロザリーさんを前にして、ミスタ卿が緊張で萎縮しないように仕掛けた、ロザリーさんの精一杯の気遣いじゃないですか！」

「ん！　よくわからないけど、システィーナが正しい」

「とにかく、ロザリーさんの邪魔は、もうしないでください！　わかりましたか⁉」

「うん、わかった。古今東西、狂信者という連中が、どうしてタチが悪いかよーく、わかった」

「あはは……」

グレンが疲れたような遠い目で、ルミアが苦笑いで応じて。

「おいっ！　そこの貴様ら、無駄話をしているんじゃないッ！」

そんな一同の中に、肩を怒らせたテレーズが割って入る。

「仮にも現場に立ち会うならば、もっと真剣になれッ！　そろそろ、犯行予告時間だ！　そんなふざけた調子ならば、この現場から叩き出すぞッ！」

そして、テレーズが相変わらずド正論で叱責した——その時だった。

ぱっ！

突然、屋敷内が完全なる闇に包まれてしまったのであった。

一片の光すら差さぬ、べったりとした闇。まったく何も見えない。

「何⁉　これは——ッ⁉」

「馬鹿な！　【ダーク・カーテン】だと⁉　一体、誰が——ッ⁉」

あちこちから聞こえてくる警備官達の動揺の声から察するに、どうやら屋敷内全体がやられているらしい。

「おい、白猫！　照明魔術だ！　早く明かりつけろ！」

「だ、駄目です！　やってますけど、この【ダーク・カーテン】、何重にも重ねがけされているみたいで——」

「くそッ⁉　この手の術の解呪は、魔力の出所や術者がわかんねーとどうしようもねえ……ッ！」

「おい、全員、扉の前に固まれ！　宝物庫を守るのだ！　来るぞ⁉」

ただの一つの魔術で、あっという間に大混乱に陥る屋敷内。

明らかに何か起きようとしている。

一体、怪盗Qは、どこからどうしかけてくる……？　屋敷内を警備する誰もが、緊張に包まれ……

五分が過ぎ……十分が過ぎ……

「……？」

意外にも何も起きることなく。

やがて、この場に発動した【ダーク・カーテン】は、時間経過で効力を失い、あっさりと消えていく。

場に明かりが戻ってくる。

「な、なんだったんだ……？」

「べ、別に来ませんでしたよね？　その件の怪盗……」

グレンやシスティーナが扉を見る。

テレーズやその部下達が固めているその扉には何の変化もない。

「ふふん！　やはり、この私の存在に恐れをなしたようですね」

「うるせえ黙れ」

どや顔のロザリーの後頭部をぺちんと叩くグレン。

だが――

「いや、まさか――ッ!?」

テレーズが、ミスタ卿から預かっていた扉の鍵を使い、宝物庫を開く。

その内部には相変わらず、封印の三重結界が張られていたが……

「な――ッ⁉」

その信じられない光景を目の当たりにした一同が、目を剝いた。

「ば、馬鹿なッ！　剣が……ッ！」

そう、三重結界の中心にあった石の金床に刺さっていた剣が、忽然と姿を消していたのであった――

「こ、こ、これは一体、どういうことかねッ⁉　君、一体、どう責任を取ってくれるのかね⁉」

「ぐっ……面目次第も御座いません」

話を聞き、顔を真っ赤にして駆けつけたミスタ卿の叱責を前に、テレーズが悔しげに表情を歪めて俯いている。

「今、この屋敷を警備していた警備官に周辺地域を捜索させ、怪しい者がいなかったかどうか全力で――」

「当たり前だ――ッ！　早く剣を取り返したまえッ！　アレは当家のかけがえのない家宝

なのだぞッ⁉　わかっているのかねッッッ⁉」

「……ッ！」

押し黙るしかないテレーズ。その消沈した姿は、流石に同情を誘った。

「せ、先生……これは一体、どういうことなんでしょうか……？」

「うーん、ありえねえ……何がどうなってやがる……？　あの剣は、あの結界がある限り、あの場から動かせるはずがねえんだ……そもそも、誰かが部屋に入った様子すらねえ……」

不安げなルミアに、グレンも心底わからんと頭を抱える。

「そ、そんな、ロザリーさんがついていながら、こうもあっさり……？」

「……ん」

システィーナもリィエルもかなりショックを受けているようだ。

だが、一同が狼狽える中、

「…………」

ただ一人、ロザリーだけが腕組みをして壁に背を預け、静かに目を閉じて何事かを思索している。

そして、そんなロザリーの下へ、テレーズをひとしきり罵倒しきったミスタ卿が、肩を怒らせてやってくる。

「君もだぞ、ロザリー君！　まったく君には失望したよッ！　何がフェジテ一の魔導探偵だッ！　君は明日からマスコミからの厳しい追及を免れないだろうね！　覚悟したまえよッ！」

だが、その時であった。

「ふっふっふっ……」

突然、ロザリーが不敵に笑い始めたのであった。

「ど、どうした？　ロザリー」

「なんだ……？」

訝しむ一同の前で、ひとしきり含み笑いをし終えたロザリーが、くるりと振り返る。

そして、堂々と宣言した。

「……謎は全て解けました。〝犯人はこの中にいます〟！」

「「「な、なんだってぇええええええええええええええ——ッ！」」」

ロザリーの唐突なる宣言に、一同が辺りを見回す。

今、この宝物庫内には、グレン達、テレーズとその部下数名、そして、ミスタ卿とその老執事がいる。

「我々の中にだと⁉　そんなはずがないだろう⁉　いや、まさか……怪盗Qは、我々の中の誰かに変身魔術で変装を——ッ⁉」

テレーズが疑いの目で、部下達やグレン達を見回す。

「ノンノン、テレーズ君。そもそも、今回の一件は、怪盗Qの仕業じゃないのです」

「な……ッ⁉」

テレーズが絶句し、ミスタ卿や老執事が目を瞬かせる。

「話はもっとシンプル……そして僭越ながら、私は最初からこうなることはわかっていました。よーく、考えてみてください？　ただ一人だけいるでしょう？　この場に、唯一この犯行を実行できた人物が！」

「な、何ぃ……ッ⁉」

心底わからないといった顔で、テレーズが頭を振る。

「くっ、それは一体、誰なんだ⁉　早く説明しろ！　貴様の推理を！」

焦燥に駆られたテレーズが、ロザリーを必死に問い詰めるが。

「いやぁ、それにしても暑くて喉が渇きましたね……推理ショーの前に、十分間の休憩タイムといきましょう」

ロザリーはくるりと踵を返す。

「ふっ……〝謎解きはティータイムの後で〟。テレーズ君、この場の者達を誰一人、ここから出さぬように」

そう言い捨てて、ロザリーが宝物庫から颯爽と出て行く。

「お、おい⁉　ロザリー、ちょっと待て……ッ⁉」

グレンがその後を追いかけていく。

そんなロザリー達の背中を……

「さ、流石、ロザリーさん！　やっぱり全部、お見通しだったのね⁉」

「ん！　なんかよくわからないけど、すごい！　気がする！」

「だ、大丈夫かなぁ……？」

システィーナ、リィエル、ルミアは三者三様の表情で見送るのであった。

「お、おい、ロザリーッ！　お前本当にわかったのか⁉　犯人！」

つかつかと先を行くロザリーに追いつき、グレンが問い詰める。

「今回の事件は正直、俺もお手上げだぞ⁉　あんな厳重な警備と結界を破って、盗む方法なんか考えられねえ！　一体どうやって……ッ⁉」

すると。

そんなグレンの問いに、ロザリーが不意にぴたりと足を止めた。

「先輩」

「なんだ？」

そして、ロザリーがくるっと振り返って……

「そんなの私にわかるわけないでしょおがぁああああああ――ッ⁉」

鬼の形相で目を血走らせ、咆哮するのであった。

「まさかの逆ギレ⁉　じゃ、さっきの犯人この中にいる宣言は、なんなんだよ⁉」

「一度言ってみたかっただけです！　探偵として！」

「ふっざけんなぁああああああああああああ――ッ！」

天に向かって吠えるグレンを尻目に、ロザリーが駆け出した。

「そんなことよりも先輩！　私は逃げます！　後は任せました！」

「はぁ⁉」

「だって、無様に失敗した私は、明日からマスコミの連中にもう親の仇のようにボコボコに叩かれるんですよ⁉　もう社会的には死んだも同然なんです！　そうなる前に、私は実家に帰って結婚します！　やっぱり魔導探偵なんて不安定な仕事クソですよね、ちゃんと結婚するのが女性の幸せですよね⁉　ね⁉」

「おい、待て、ふざけんな！　お前が消えたら、その叩かれるお鉢が、俺に回ってくるだろうがッ⁉」

「た、確かに⁉　だったら先輩、私と一緒に駆け落ちしましょう⁉　私、先輩とだったら別に結婚しても全然ＯＫっていうか、実はわりと前から先輩のこと――」

「うるせぇドやかましい、死ねぇぇぇぇぇぇぇぇぇぇ――ッ！」

混乱しているせいか意味不明なことを口走り始めるロザリーへ、グレンは跳び蹴りを放った。

「ぎゃんっ⁉」

その蹴りを背中にもろに喰らって、ロザリーが吹き飛んで……

ばぁんっ！　ロザリーが廊下の曲がり角の壁に、叩き付けられ、その壁に両手をつく。

べちゃ！　壁にロザリーの手のスライムが張り付いた。

「捕まえたぜ！　へっへっへ、マスコミの生け贄になるのはお前だぁ！」

「お慈悲を！　お慈悲をぉ⁉」

そして、グレンがロザリーの首根っこを摑んで引き摺っていこうとした……その時であった。

ゴゴゴゴ……

なぜか、ロザリーが叩き付けられた壁から、音が鳴り始めたのだ。

「ん？」

「な、なんですか……？」

呆気に取られる二人の前で、その壁が変形を始めた……


——一方、その頃。

「この事件の黒幕……実は、貴方ではないのですか？　ミスタ卿……」

不意にテレーズが放った一言に、その場の一同が凍り付いていた。

警備官達がざわめき、システィーナとルミアが顔を見合わせ、リィエルがきょとんとする。

「ほう？　何か面白いことを仰いますな、テレーズ君」

だが、当のミスタ卿が、どこか楽しげにそれを受け流す。

「はて？　私が当家の家宝である剣を奪ったと……？　一体、なぜ、そうお考えになるのです？」

「ロザリーは言った……〝犯人はこの中にいる〟と。仮にもフェジテで名高き魔導探偵が、あれほど自信ありげに言ってみせたのだ。つまり、あの女には何か根拠があるはず……外部犯ではなく、内部犯だという根拠が！」

「………」

「ならば、後は消去法だ。我々部外者に、あのミスタ家秘伝の結界は破れない！　唯一干渉できるのはミスタ家当主の貴方だけ！　つまり、犯行が可能なのは、貴方だけなんですよ、ミスタ卿ッ！　これは怪盗Qの名を騙った狂言――」

　と、その時だ。

「ふっ、ご自身の今後の立ち場を慮るならば……その辺にしておいたほうがいいですぞ？　テレーズ殿」

　不意にミスタ卿の雰囲気が――変わった。

「なるほど、確かに私ならば結界に干渉できましょう。ですが、どうやって貴女達で完全に固められていた扉を突破し、中の剣を持ち出したのですかな？　宝物庫の扉の鍵を、貴女に預けていたのを忘れましたかな？」

「ぐ、それは……」

「そして、もし、私が犯人だとして……その剣は今、どこにあるのです？　証拠がなければ、貴女の推理はただの言いがかりに過ぎません……名誉毀損で訴えられても文句は言えますまい？　くっくっく……」

「き、貴様……ッ⁉」

この時、テレーズは確信していた。

彼女の優秀な警備官としての直感が告げる。ミスタ卿の表情や声色から、全てを察する。

黒幕は――ミスタ卿だ。

動機は与り知らぬが、今回の事件はミスタ卿の自作自演なのだ。

(あの短い時間で、この屋敷内から剣を持ち出せるはずがない……この屋敷のどこかに剣は必ずある！　しかし、これほどまで、私を挑発するということは、剣の隠し場所に絶対の自信があるということ……ッ！)

捜し出すなら、今しかない。

今を逃せば、ミスタ卿は剣をどうとでも処分してしまう。

そうなれば、証拠がなくなる。ミスタ卿の犯行を立証できない。

(くそ……これまでか……ッ！)

テレーズが悔しげに頭を抱えた、その時であった。

ごごごご……

「ん？」

突然、宝物庫の奥の壁が変形して、扉の形に開いて……

「うーん、なんだったんですかね？　この通路……」

「例の家宝の剣も、なぜか途中に落ちてたし……どうなってんだ？」

ロザリーとグレンが不思議そうな顔をして現れるのであった。

そんな二人を前に、絶句する一同。

そして──

「あ、ミスタ卿、朗報です！　家宝の剣、落ちてましたよ！　件の謎の怪盗Qもバカですねー、どうやら落としていったみたいで……」

と、ロザリーがにこやかに、剣をミスタ卿へ渡そうとして……

「そうかッ！　隠し通路かッ!?」

テレーズが声を張り上げていた。

「聞いたことがある！　古い貴族の城館には、隠し部屋や通路が魔術的に増設されていることがあると！　ミスタ卿はそれを利用して──ッ!?」

「は？　うん？　……え？」

「え？　何これ、どういう状況？」

目をぱちくりさせるロザリーとグレンの前で、ミスタ卿が明らかに狼狽え始めた。

「ば、馬鹿な！　一体、なぜ!?　隠し通路への入り口は、私の指紋がないと絶対開かないようになっているのに⁉　指紋による魔術認証式を一体どうやって……はっ⁉」

と、その時、ミスタ卿が気付く。

ロザリーの右手に、未だ張り付いている悪戯スライムの存在に。

「悪戯スライム⁉　まさか、あの握手の時に、私の指紋をスライムで採取したというのか……ッ⁉」

「そうか、そういうことかッ！」

テレーズが驚愕の表情で、きょとんとしているロザリーを見る。

「ロザリー＝デイテート……貴様、言ったな⁉　最初からこうなることはわかっていた、と！　あの言葉に嘘偽りはなかったということか⁉　最初から黒幕はミスタ卿であることを摑んでいて……だから、ミスタ卿に警戒させぬよう、あえて愚物を装って、スライムで指紋を採りに……ッ⁉」

驚愕に身を震わせるテレーズ。

「そして貴様は、先の私に、あのようなヒントを与え、ミスタ卿をこの場に釘付けにさせた……その間に、この屋敷を探索し、かつ、ミスタ卿が剣を処分する僅かな時間も隙も与えぬために……ッ！」

「えー、あの……テレーズさん？」

頭の上を『?』がブンブン飛び回るロザリーを余所に、テレーズはしてやられたとばかりに拳を握り固める。

「全て……全て貴様の掌の上か……あの情けない姿も、我々を欺くための演技……これが……これがロザリー＝デイテート……ッ！　悔しいが、私ごときとは格が違いすぎる……」

そして、テレーズは、ついに負けを認めたように、その場にがくりと膝をついて項垂れるのであった。

「やったぁ！　流石、ロザリーさん！　私、もう感動で涙出そうッ！」

「ん！　なんだかよくわからなかったけど、ロザリーすごい！」

大興奮のシスティーナとリィエル。

「あ、あの、先生、これは……？」

「正直、俺は置いてけぼり気味だが、この後の展開は容易に読める」

ルミアの縋るような目に、グレンが半眼で応じて。

「ふっ！　当然、私は最初から全てわかっていました！　なにせ、私は凄い探偵ですからねっ！　これにて一件落着！　あっはははははは――っ！」

ばさりっ！　ここぞとばかりにロザリーはインバネスコートを翻してポーズを決める

のであった。

もう無性にロザリーを殴りたくなるグレンであった。

そして、ミスタ卿がロザリーを憤怒と憎悪の目で睨み付ける。

「お、おのれ、ロザリー……ッ！　以前、貴様に私の裏取引先のマフィアを潰され、大損させられたその腹いせに貴様を破滅させ、その罪を怪盗Qになすりつけ、同時に、剣の闇保険金で大儲けしようと企んでいたのに……それが全て裏目に出るとは……ッ！」

「マフィア？　なんですそれ？」

「あー、ロザリー、アレじゃね？　リトルラックキャリーの」

「だが、まだ終わりではないぞッ！」

ミスタ卿がぱちんと指を打ち鳴らすと、その部屋内に武装した使用人達が、一斉になだれ込んで来る。

グレン達はあっという間に取り囲まれてしまう。

「な⁉」

「くく、捜査のため、警備官を屋敷外へ散らせたのが運の尽きよ！　今、ここで貴様らを始末し、秘密裏に処理すれば、真相は闇に葬られるッ！」

「おのれ卑怯者め、ミスタ……くっ、下がっていろ！　貴様ら！」

テレーズがグレン達を守るように、細剣を抜いて構える。

「無駄だ、テレーズ殿！　我が配下は皆、裏の仕事人！　戦闘のプロだ！　貴女一人でどうする気かね⁉」

「くっ……ッ⁉」

テレーズもそれを理解しているのだろう。その顔色に焦燥と絶望がありありと浮かんでいる。

だが——その時だった。

「《大いなる風よ》——ッ！」

撃風が大砲のように巻き起こり、右方の使用人達を吹き飛ばし——

「いいいいいやぁあああああああああああ——ッ！」

蒼い閃光が大剣を峰打ちで振り回し、左方の使用人達を吹き飛ばす。

「な、何ぃいいいい——ッ⁉」

「お疲れ様です、ロザリーさん！　後は私達にお任せくださいッ！」

「ん！」

システィーナとリィエルであった。

ロザリー信者の二人が、使用人の半数をあっという間に戦闘不能にしてしまったのだ。

「ば、馬鹿なぁ⁉　私の配下達がこうもあっさり――ッ⁉」

「な、なんて強さだ⁉　ロザリーの助手達がこんなに強かったとは⁉」

その信じられない光景に、ミスタとテレーズが驚愕に目を剝く。

そして、そんな二人へ、システィーナとリィエルは堂々と宣言した。

「ふっ！　言っておきますけどね、ロザリーさんの魔術はこんなもんじゃありませんよ⁉」

「ん！　ロザリーの剣は、もっとすごい！」

「なん……だと……？　ろ、ロザリー＝デイテート……化け物か⁉」

最早、畏怖すら宿る目で、ロザリーを見つめるテレーズ。

そんなテレーズの視線を、額に脂汗をたくさん浮かべたロザリーが悠然と受け止め、手を振って宣言する。

「ま、この私が手を下すまでもない相手ですからね……私の助手達だけで充分な状況でしょう。というわけで、システィーナさん、リィエルさん、懲らしめてあげるですぅ！」

「はいっ！《雷精の紫電よ》ッ！」

「いいいやぁあああああああーっ！」

大張り切りで敵に飛びかかっていく、白い悪魔と青い悪魔。

「「「ひ、ひぎゃあああああああああああああああ——ッ!?」」」

たちまちあまりにも一方的な殲滅劇が始まり、ミスタ卿達の恐怖と絶望の叫びが屋敷内に響き渡る。

「え、えーと……あの、もし怪我したら私に言ってね……? 法医呪文で治療するから……」

「それ必要なの、お敵さん達だけだけどな……」

曖昧に笑うルミアに、グレンが溜め息混じりに補足して。

こうして、謎の怪盗事件は、幕を下ろすのであった——

——後日。

「やったぁ、私達の活躍、新聞に載っちゃった!」

「ん」

学院の教室でシスティーナが新聞片手に大興奮し、リィエルがどこか誇らしげに胸を張っていた。

「す、すげぇ!? システィーナとリィエル、すげぇじゃん!?」

「あ、あのロザリー＝デイテートに助手として認められたなんて……ッ!」

カッシュやウェンディを始めとするクラスメート達は、そんなシスティーナ達に惜しみない賞賛と羨望の視線を送って騒ぎ立てている。

「でも、私達なんて、まだまだだよ！　ロザリーさんって、噂に違わず本当に凄い人なのよ⁉」

「ん。すごかった」

「あの時は黒幕の罠に嵌っちゃって、私も駄目かと思ったけど、ところがどっこい、ロザリーさんは最初から全てお見通しで、それを逆に利用して──」

システィーナが熱っぽくロザリーの活躍を語り、クラスメート達はそれを熱心に聞き入っている。

次第に、クラスメート達の目も、ロザリーに対する尊敬と憧憬で熱っぽくなっていく……。

そんな様子を。

「なるほど……ああいう地道な布教活動で、信者って増えるんだな……」

「あ、あはは……」

グレンが疲れた様子で、ルミアが苦笑いで見守っていた。

「はぁー……でも、いいのかねぇ？　これで……」

「私は、なんだかんだでロザリーさんと一緒に居るのは楽しかったですよ？　先生も実はそうなのでは？」

「ジョーダンじゃねーよ……」

含むように微笑むルミアに問われ、グレンは窓の外へ溜め息を零す。

そこから見える、陽光降り注ぐフェジテの街は、今日も平和そうなのであった――

そして――

――フェジテの場末にある、とある上流階級層御用達のバー。

静かで落ち着いた大人の雰囲気が漂うその薄暗い店内のカウンター席に、三人の男女が並んで座っている。

「――と、いうわけなのだ！　ロザリー＝デイテート……彼女は、昨今の金の亡者や売名行為に明け暮れるクズな魔導探偵どもとは違う……まさに〝本物〟だった！」

一番右端で、ウィスキーグラスを片手に、やや興奮気味で話しているのは――テレーズだ。

アルコールが入っているせいか、いつもの堅物でクールな表情や雰囲気はやや崩れている。

平時の彼女を知る者から見れば、信じられないほど上機嫌で饒舌に、隣に座る男女へと話しかけていた。

「本当に、先の一件は恐れ入りましたよ……私も自分の能力には自信があるが、上には上がいることを思い知らされたのです……」

「ほうほう、君にそこまで言わせるのか……そのロザリー君とやらは」

「ふふ、本当に凄い御方なんですね」

テレーズの話に耳を傾けていた男女が口々に言う。

男の方は、いかにも好々爺然とした恰幅の良い初老の男性だ。

そして、女の方は、水色の髪ととがった耳が特徴的な、二十歳そこそこの妖艶な美女だ。

彼らは、アルザーノ帝国魔術学院学院長リック＝ウォーケンとその妻セルフィであった。

「そうなのですよ、リック叔父上、セルフィ叔母上！」

続柄としては、リックの姪に当たるテレーズ……テレーズ＝ウォーケンは、くいとグラスを呷る。

「しかし、叔母上……相変わらず凄い変身ぶりですね……」

そして、テレーズはリックの隣のセルフィをちらりと流し見て呟いた。

　実は、通常時のセルフィは、十歳そこそこの幼い少女の姿をしているのだ。

「あはは、普段の私の姿では、こういう店には入れませんからね」

「自身の姿を自在に弄れるとは旧き精霊の一族は便利ですね……まぁ、それを差し引いても、叔父上が幼女を妻にしたロリコンなのは否定できませんけどね。何？　合法ロリババア？　人間じゃないからＯＫ？　そんな言い訳が通用すると思ってるんです？　児童性的搾取で逮捕しますよ？」

「……くっ。テレーズ君。君は相変わらず酒が入ると毒舌だなぁ」

　リックが頬を引きつらせて、グラスをチビチビと舐める。

「とにかく、そんな犯罪者な叔父上はおいといて、そのロザリーですがね……彼女の下に集う助手達もまた、凄まじい猛者揃いなのですよ」

「ほう？」

「ええ、システィーナ＝フィーベル、ルミア＝ティンジェル、リィエル＝レイフォード……そして、グレン＝レーダス！　流石はあのロザリーが見込んだ連中でして……」

　と、その時、リックが硬直する。

「なんじゃと？　グレン君？」

「あら？　貴方、まだ新聞読んでいらっしゃらなかった？　今まで明かされなかったロザリー様の助手達の名前が今回、ついに明らかになったんですよ？」

「そ、そうじゃったのか……」

セルフィの指摘に、リックは心底驚いたように目を瞬かせるのであった。

（しかし……あのグレン君がねぇ、ロザリー殿の……）

それからも延々と続く、テレーズのロザリー上げ話を適当に聞き流しながら、リックは物思う。

（ふむ……これは良いコネができたようだのう？　いざという時は、グレン君に頼んで……）

ふっと、にこやかな笑みを零すリック学院長。

この奇妙な縁が、後日、またグレン達を、容赦なく事件へと巻き込んでいくのだが……

それはまた別の話である。

再び会うその日まで

Until the Day We Meet Again

Memory records of bastard magic instructor

ふと目を閉じれば、今でも鮮明に思い出せる。
それは――今から約三年前の話。
咆哮する銃声。
上がる血煙。
散華する悲鳴。
私が初めて会ったその人は――震える程に恐ろしかった。

――――。

「はぁ……ッ！　はぁ……ッ！」
深海の底のように暗い樹海の中を、炎のような息遣いが木霊する。
私はその人に手を引かれるまま、幼い足に鞭を入れて、溺れるように走っている。
この時、私は何もかもが恐ろしかった。
この樹海の闇が恐ろしい。
行く手を遮るように林立する木々はまるで、魔物が踊っているかのよう。
この噎せ返るような草木の湿った匂いが恐ろしい。

ここが常人の立ち入って良い日向の世界でないことを強く感じさせる。

背後から迫り来る殺意と悪意が恐ろしい。

私達を猟犬の如く追い立てる複数の気配。彼らはまるで冥府より来たる髑髏の軍勢。

もし捕まれば、自分の魂はたちまちバラバラに引き裂かれてしまうのだろう。

ああ、何もかもが恐ろしい。

恐ろしくて、恐ろしくて、肺は呼吸を拒絶し、心の臓は今にもはち切れそう。頭は高熱に浮かされたように胡乱なのに、全身は妙に寒くて凍死しそう。堅いはずの地面がまるで泥濘のようにぐにゃぐにゃと揺らぎ、まるで足下が定まらない。

だが、私が何よりも恐ろしいと感じているのは――

「ちっ……しつけえ連中だ」

今、私の手を引いて走る、その人。

走りながら、その人は顔だけ振り返り、不意に懐から細長い何かを取り出す。

そして、それを私の頭上越しに、背後から迫り来る者達へと向けた……次の瞬間。

どんっ！

落雷のような音を立て、その細長い何かの先端が火を噴いた。

拳銃だ。古めかしいパーカッション式回転拳銃、その魔術装薬の炸裂。

マズルフラッシュが閃き、ほんの一瞬、辺りの濃密なる闇を祓う。

闇に塗り潰され、影絵のようだったその人の姿が、ほんの一瞬、露わになる。

青年——そう呼ぶには、少々年若い男だ。

黒髪黒瞳。長身痩軀。全身を丈長の魔導士礼服に包んでいる。

その人の容姿、装いに取り立てて特徴だったものはない。

だから、私が何よりもその人を恐ろしいと思うのは——目だ。

その人の目。

冷たく凍えきったような目。人を人とも思っていないような目。冷酷で鋭い殺意が漲り、いざ誰かの命を摘む段階になっても、微塵も揺らぎそうにない、その目。

私は何よりもその目が恐ろしかった。その人の目を見るだけで、あるいは見つめられるだけで、全身が竦み上がり、胃の中がひっくり返りそうになる——

その人が幾度となく後方へ向かって発砲する最中、私がそんなことを考えていると。

きぃいいいん……

何かが放物線を描きながら、空気を裂いて迫る音が頭上から響いてきた。

火球だ。熱く燃え滾る火球が三発、私達を目掛けて落ちてくる。

「……悪手だぜ、素人が」

　だが、その人はそれを見もせず、読んでいたとばかりに走る方向を転換していた。

　そして——大爆発音。

　数秒前、私達がいた空間に着弾した火球が弾（はじ）け、炎嵐（えんらん）が渦を巻き、爆圧が吹き荒れる。

　熱波が、まるで巨人が大腕を振るったかの如く周囲の木々をなぎ倒し、樹海の一角を一気に大炎上させる。

　轟々（ごうごう）と爆炎が燃え上がり、暴風が渦巻く音が一帯を支配する。

　深海の如き闇の世界から一変、そこは紅蓮（ぐれん）に染め上げられた炎獄だ。

　もし巻き込まれれば、人の命など一瞬で散華（さんげ）する——そんなこの世の終わりのような光景を尻目に。

「へっ、ありがとうよ。わざわざ自分達から、俺達のことを見失ってくれてよ」

　その人は、まるで何でもないことのように、そう言って。

　ふと、駆ける足を止め、くるりと振り返る。

　見れば、後方——燃え滾る世界の中、炎の光に照らされ、複数の人影が躍っている。

　人影達は、炎の中で何かを探すように、燃え盛る周囲を見渡している。

　そんな人影達へ——

「そして、お前達の姿は丸見えだッ！」

その人は身を翻(ひるがえ)して、パーカッション式回転拳銃(リボルバー)の撃鉄を連続で弾いた。

銃声、銃声、銃声、銃声、銃声――闇を貫く、無数の火線。魔弾。

「ぐわっ⁉」

「ぎゃあああっ⁉」

ノーマークだった横合いから、不意討ちのように襲いかかって来た鉄風雷火(てっぷうらいか)に、人影達が悲鳴を上げて、なぎ倒されていく。

「駄目押しだッ！　《紅蓮の獅子(しし)よ・憤怒(ふんぬ)のままに・吼(ほ)え狂え》――ッ！」

さらに、その人が呪文を唱え、左手に生み出した火球を――投げ放つ。

轟(ごう)ッ！

その火球は、狼狽(うろた)える人影達のド真ん中に着弾し、凄まじい爆炎をまき散らした。

滾る轟炎が轟音と共にのたうち回り、また何人かの命を焼き尽くしていく――

「く、クソッ！　やられたッ！　あっちだ！」

「お、追えッ！　追えぇぇぇぇぇぇ――ッ！」

追っ手達のそんな怒声を背に、その人は再び私の手を引いて、樹海の奥へと駆ける。

たった今、何人も殺したというのに、まるで意に介さず、ただ闇の向こう側を見据えている……その姿は、まさに地獄の戦鬼とはかくやといった有様(ありさま)だ。

そんなその人の姿に、私の心臓はますます雑巾絞りのように締め上げられる。

私はこのまま、地獄の底まで連れて行かれるのではないだろうか？

（……恐（こわ）い……恐いよ……ッ！）

足下が崩落するような感覚の中、足をもつれさせるように走りながら、私は物思う。

（もう、嫌ぁ……ッ！　誰か……誰か、私をお家（うち）に帰して！）

そんなことを考えながら、心のどこかにいる妙に冷静な自分が自嘲する。

お家？　……何をバカなことを。

私には……もう、帰る家なんか、帰る場所なんか……ないのに。

母親に捨てられてしまった私には、もう……どこにも。

（ああ、どうして……？　どうして、こんなことに……？）

紅蓮の炎獄を後方へ置き去りに、再び深淵（しんえん）の闇の世界へと突き進みつつある中。

私は恐怖に浮かされるまま、走馬燈（そうまとう）のように今までの経緯を思い返すのであった——

——。

全ての切っ掛けは——なんだったか。

優しい姉と遊んでいる最中に、つい秘密の〝力〟を使ってしまったことだったか。

あの日から、私を取り囲む全てが、がらりと一変したのだ。

後日、私が母に呼び出されると、そこには国の偉い人達が険しい顔で集まっていて。

「貴女(あなた)は王家から追放です。最早(もはや)、貴女は私の娘ではありません。貴女はもう、エルミアナではありません」

玉座に座る母から、冷たい顔で一方的にそう告げられた。

なんで？　どうして？　と。泣いて叫(わめ)いても、誰も何も答えてくれない。

ほんの前日まであれだけ優しかった母が、今はまるで穢(けが)らわしいゴミでも見るような目で、私を突き刺してくるだけだった。

後に、それがこの国と幼い私を守るための、母の苦渋の決断だったことを理解する日はやって来るのだが……当時の幼かった私にそんなこと、わかるはずもない。

捨てられた。母と姉が自分の世界の全てであった当時の私にとって、ただそれだけが真実であり、全てだった。

そして、私はエルミアナという名前をも捨てさせられ、ルミアという別人となった。

わけのわからぬまま、私は生家を追い出され、とある家に引き取られた。

その家はフィーベル家。その当主レナードは、母が学生時代にお世話になった恩師であり、その妻フィリアナは、母の学生時代の親友であるらしい。

そんな夫妻の間には、私と同じくらいの銀髪の娘――システィーナがいた。

三人とも、私のことを歓迎してくれた。本当の家族として迎え入れようとしてくれた。

だが――馴染めるはずがなかった。

特に、私はシスティーナが大嫌いだった。受け付けられなかった。

なぜなら、レナード、フィリアナ、システィーナは仲睦まじい〝理想の家族〟だ。

システィーナは、母に捨てられてしまった私とは違う。両親の愛を何の疑いもなく一身に受けていられる、とても幸福な少女なのだ。

もうどうやったって、どう望んだって、私が手に入らないもの、取り戻せないものを、システィーナは持っている。

そんな幸福な少女が、私に対して、同情？　憐憫？　共感？　反吐が出る。

これから一緒の家族になろう？　馴れ馴れしい。

頑張れば、いつかきっと幸せになれるから？　寝言は寝てから言って。

全てを持つシスティーナの何もかもが羨ましくて、妬ましくて、憎たらしい。

システィーナの無邪気さと無神経さが、いちいち癪に障る。腹が立つ。

なんで私は捨てられたのに、この子はこんなにも両親から愛されているんだろう？　幸せなのだろう？　私とこの子の差は何？　なんでこんなに私は惨めなの？

私だって、この子の何倍も、何倍も、良い子だったはずなのに――ッ！

だから――私は荒れた。暴れた。毎日のようにシスティーナを虐めて泣かせて、わがまま放題して、レナードとフィリアナをひたすら困らせた。

もうどうでも良かったのだ。

私はすでに一度、捨てられている。何度だって、捨てられてしまえばいい。

こうして暴れていれば、三人ともいつか愛想を尽かして、また私を捨てるだろう。

もう、どうでもいい。どうでもいいのだ。

私なんか、もう消えてなくなってしまえばいい――

――。

だけど、私がそんな風に、甘ったれて自暴自棄になっていた……とある日。

その災厄は唐突に、何の前触れもなくやって来た。

いつものように、わがままを言って。システィーナを泣かせて。

感情が衝き動かすまま、家を飛び出して、街を当てもなく彷徨っていると。

人気のない路地裏で、私は、いきなり誰かから頭に袋を被せられたのだ。

「――ッ!?」

突然の事態に混乱する頭。泣き喚く暇もない。声を上げる暇もない。

あっという間に、私は全身を縄のようなもので縛り上げられて、担ぎ上げられて。

耳元で誰かが何事かを囁くと、急に意識が遠くなっていって。

そして──


──。


「おいっ！　ふざけんじゃねえよッ⁉」

「ああっ⁉　俺のせいだっていうのかよっ⁉」

聞き慣れぬ男達の激しい怒号で、ルミアは目を覚ました。

「……ん……」

未だ胡乱な意識の中、ルミアがぼんやりと辺りを見回すと、そこはどこかの木造小屋の中だった。

非常に老朽化した小屋だ。細かく漂う埃。カビが生えて腐りかけた木材の饐えた臭い。隅には埃が溜まり、天井には蜘蛛の巣が張っている。

もう何年も、誰もまともに住んでいない廃屋……そんな印象だ。

そんな小屋の隅。並ぶ木箱の隙間に、ルミアは手足を縛り上げられて転がされていた。

軽く身じろぎすると、傷んだ床が、きしりと鳴る。

薄暗い小屋の中を、壁のオイル式ランプの淡い火が、ぼんやりと照らしている。

割れた硝子窓の外は真っ暗だ。何も見えない。どうやら時分は夜らしい。

ルミアの周囲には、見知らぬ連中が何人も立っている。

全員、全身黒ずくめの上、黒い目出しマスクで素顔を隠しているため、その性別や年齢層は不明だが、その不穏な雰囲気から、どう考えても堅気の者達とは思えなかった。

その数、総勢十名余。

そして、その全員がどうにも等しく切羽詰まり、殺気だっているのがわかった。

「どうして、フィーベル家のご令嬢様と、こんなどこの馬の骨ともしれねえ、ション便臭えガキを間違えんだよ⁉　バカじゃねえの⁉」

「ああ⁉　うるせえよ！　コイツ、フィーベル邸から出てきたんだぞ⁉　仕方ねえだろ⁉　フィーベル家にこんなガキがいたなんて聞いてねえよッ！」

「テメェは、作戦書の写像画すらマトモに見られねえ無能かよ⁉」

「あ？　言ったな⁉　おい、ブチ殺されてえか⁉　表出ろや！」

激しく言い争う連中の間に、一触即発の空気が漂い始めた……その時だった。

「そこまでだ、お前達」

その人物の一喝で、小屋内がしんと静まりかえる。

黒ずくめ達を黙らせたのは、ルミアの傍らの木箱に足を組んで腰かける人物であった。

他の連中同様、全身黒ずくめの装備だが、ただ一人、マスクをしていない。

女性だ。美女と呼べる整った顔立ちだが、そこにはいくつもの傷痕が刻まれており、美貌と相まって凄絶な凄みを演出している。

そして、女性というのはあくまで身体的差分に過ぎないことを証明するかのように、その女性の全身からは泣く子も黙るような鬼の気魄と冷酷なる圧力が漲っていた。

明らかに――只者ではない。

「し、しかしっ……か、カリッサ姐貴……ッ！」

「黙れと言った」

冷酷な一言と共に、どっ！　と、何かが床へ倒れ伏す。

それは、口ぶりからルミアを直接攫ったらしい黒ずくめであった。

すでに事切れている。その額に巨大なナイフが深々と突き刺さっている。

カリッサと呼ばれる女性が、目にも留まらぬ挙動でナイフを投擲し、その黒ずくめの命を速やかに奪ったのだ。

「私は無能な犬は嫌いだ。だが、聞き分けのない犬はもっと嫌いだ」

しん……途端、その場の誰もが押し黙る。

黙るだけで、その場の誰もがカリッサの蛮行を咎めない。カリッサに逆らわない。

皆一様に、畏怖に満ちた狂気的な目で、黙ってカリッサを見つめている。

黒ずくめ達のリーダーがカリッサであることは、最早、明白であった。

そして、床のルミアが、殺害されて転がった黒ずくめと目が合った瞬間――

「ひ――ッ⁉」

ルミアは思わず、悲鳴を上げてしまう。

途端、部屋内の連中の視線が一斉にルミアへと集まった。

「ほう？　お目覚めか？　眠り姫」

カリッサが酷薄な笑みを浮かべ、木箱から立ち上がった。

そして、ルミアの傍に片膝をついて屈み、その顎をそっと持ち上げて覗き込んだ。

「ククク……災難だったな。何、笑い話さ。人違いだよ。お前はフィーベル家の令嬢と間違えられて、我々、クズの悪党共に攫われてしまったというわけだ」

「……う……ぁ……なん……で……？」

「ふっ、なんてことはない、つまらん理由だ。身代金目当て……まぁ、私達はいわゆる、テロリストという稼業でね。最近、組織が下手を打ってしまったもので、国外逃亡資金が欲しかったわけだ。フェジテに名だたる大地主にして大貴族、名門フィーベル家の令嬢ともあれば、それはもうたんまり毟れると思ったんだがな……クックックッ……」

愉悦とも憤怒とも取れない、刃物のような危険な笑いを浮かべるカリッサ。

このカリッサという女は、ほんの何かの気まぐれで、次の瞬間、私を虫のように殺せる……それを本能で悟ったルミアは、ガクガクと青ざめて震えるしかない。

「しかし……実際どうします？　カリッサ様」

周囲の黒ずくめの一人が発言をした。

「その娘がフィーベルの令嬢でない以上、フィーベル家が金を出す理由はありません。このままでは全ての計画が水の泡でしょう」

「いっそ売り払っちまうってのはどうっすかね？　見ればガキだが、相当の上玉だ。金に糸目を付けず買い取りたいって連中は、探せばいっくらでもいそうっすけどねぇ？」

「バカね。そんな時間がどこにあるの？　殺して埋めた方がまだマシよ」

「待て、それは早計だ。魔術儀式の生贄、魔導人形への改造利用、魔術の実験体……子供の死体を欲しがる外道魔術師は多い。せめて死体の保存はすべきだろう」

次々に出る黒ずくめ達の発言は、まるで異次元の言語だった。

人間の下劣さと醜悪さ、悪意と闇を煮詰めたような会話……恐ろしいことに、それが彼らにとっての当たり前であり、そこに何一つ疑問も良心の呵責もない。

ただ一つ、ルミアがわかるのは——もう自分は詰んでしまった、ということだ。

自分の未来は閉ざされてしまった。

ルミア＝ティンジェルは、今日、ここで死ぬ。あらゆる意味で。

「あ……あ……、ああ……」

ルミアが恐怖と絶望に身を打ち震わせていると。

「ふっ……お前達、いい加減にしろ。眠り姫が怖がっているじゃないか」

カリッサが酷薄な笑みを浮かべて、そう言った。

「淑女はもう少し丁重に扱うものだ。……違うか？」

「しかし、姐さん……実際、そのガキの処分は早々に決めないと……」

「ははは……売り払うも殺してバラ売りするも、私は別に構わないがな。ただ、リスクにリターンが見合っていない。もっと実入りの良い捌き方が良いだろう？」

「……姐御……何か当てはあるんすかい？」

黒ずくめ達の問いには答えず。

「……まぁ、待て……ふむ……」

カリッサはルミアを値踏みするように、マジマジと見つめる。

慈悲など一切皆無のガラス玉のような目が、這い回る蛇のようにルミアを睨め回す。

無駄だと知りつつも、ルミアはその視線から逃れようと身じろぎする。

カリッサの視線はまるで刃物であった。

視線だけで出血し、寿命が削れていくような感覚に、ルミアが必死に耐えていると。

「ふん、なるほどな。噂は噂に過ぎないと思っていたが……お前、ひょっとして……？」

カリッサが何かに気付く。

と、同時に。

ばぁんっ！　いきなり、この部屋の扉が開かれ、新たな黒ずくめが、息せき切って駆け込んで来るなり、叫んでいた。

「た、たたた、大変だッ！」

「何事だ？　騒々しい」

カリッサが舌打ちしながらルミアから視線を外し、駆け込んで来た男を流し見る。

「た、たった今、別行動中の情報班から連絡が入りましたッ！　特務分室が――ッ！」

男は何度かむせて、呼吸を整えてから、この世の終わりに直面したような表情で、改めて叫んだ。

「て、帝国宮廷魔導士団・特務分室が動いていますッ！　そのガキの一件で、俺達を駆逐するために……ッ！」

途端、その場の一同に、稲妻のような衝撃が走った。

「な、なんだと⁉　特務分室だって⁉」

「あの帝国軍最強の処刑部隊が——ッ⁉」

この場の連中は、テロリストとして裏社会を生きてきた連中だ。

ゆえに知っている——特務分室の名と所属する執行官達の怪物じみた恐ろしさを。

「別働の情報班は、先刻、特務分室の執行官ナンバー17《星》、ナンバー3《女帝》の二名に襲撃され、為す術なく全滅ッ！

そして、その生き残りが、死の間際、我々への最後の通信でこう残しました！　〝執行官ナンバー0《愚者》が、すでにここに向かっている〟——とッ！」

「し、執行官ナンバー0……《愚者》だとぉ……ッ⁉」

《愚者》という単語が出た、その瞬間。

その場の一同の動揺と混乱が一際高くなりかける。

「バカな……一体、どうして……ッ⁉　なんでだ……ッ⁉」

「なぜ、この程度の一件にあの特務分室が……あの《愚者》が動くんだッ⁉」

「ああ、お終いだ……俺達はもうお終いだ……ッ！」

だが。

「クックックッ……なるほど」

カリッサがどこまでも愉しそうに笑ったため、一同の混乱はギリギリで収まる。

「な、何、笑ってるんすか、カリッサ姐⁉　知ってるでしょう⁉　《愚者》といったら……ッ！」

「ああ、知ってる。だから、合点がいったのだ」

カリッサが、床に転がるルミアに目を向ける。

ルミアは、カリッサの視線から逃れるように、目を必死に逸らした。

「この一件は、世間的にはただの誘拐事件だ。しかも、こいつはフィーベル家とは縁もない、どこぞの馬の骨とも知れぬガキ……いや、もしこいつがフィーベルの令嬢だったとしても、ただの誘拐でいきなり特務分室が動くのは、どう考えても妙だ。違うか？」

「それは……そうですが……でも、実際に……」

「特務分室は、アルザーノ帝国女王の懐刀だ。抜き差しならない有事の際、全ての手続きを排して、女王が直接、即時動かすことができる、最後の切り札。

そんな切り札が、このガキのために動いた……それは一体、どういうことだ？　答えは簡単だ。このガキはただのガキじゃない」

カリッサの言葉に、黒ずくめ達が顔を見合わせて困惑し始める。

「私はこのガキの正体に思い当たりがあった。そして、あの特務分室がこの一件で動いているということを聞いて確信した。間違いない。当たりだ。私達は、ちゃちな銀貨の袋を一つ掠め取ったつもりで、黄金が詰まった宝箱を引き当てたのだ」

「そ、そんな……じゃあ、そのガキの正体って一体……ッ⁉」

「ふん。それはまだお前達には話せないな。お前達は口軽のバカだし、万が一、裏切られても困るしな」

「う、裏切るだなんて、そんな……ッ⁉　俺達は……ッ！」

抗議を上げる黒ずくめを手で制して、カリッサが言った。

「安心しろ。私はこのガキをより高く買ってくれるであろう取引先とコネがある。……そうだな……天の智慧研究会など、我々の言い値で買ってくれるだろう」

「てっ……ッ⁉　天の智慧研究会……ッ⁉」

「あ、あの裏社会の最暗部……ッ⁉　世界最大の秘密結社……ッ⁉」

黒ずくめ達が目を見開き、ごくりと唾を呑む。

そんな一同を見渡し、カリッサは発破をかけるように言った。

「ああ、一財産築くどころか、組織にそのまま入会することも夢ではないだろう。……どうだ？ 食い詰め者のチンピラな私達が、世界最強の地下組織の構成員だ。ははは、詰んだと思いきや一転、視点を変えれば、栄光の道が私達の前に広がっているというわけだ。……どうだ？ このビッグチャンス……お前達、どうする？ 乗るか？その命のチップ、私に預けてみる気はないか？」

そんなカリッサの煽りに。

「お、俺は……姐御についていきますぜ……ッ！」

「そ、そうだそうだっ！」

黒ずくめ達が拳を振り上げて、口々に賛同を始めた。

「カリッサ様の言うことに間違いはないですからね……ッ！」

「ああっ！ 大体、今、俺達が窮地に陥ってるのも、上の連中がバカだったからだッ！最初からカリッサさんが全てを仕切ってさえいれば……ッ！」

「俺達、元々詰んでるんだ……ッ！ だったら、ここが正念場だッ！」

「やってやらぁああああああああああ――ッ！」

たちまち、カリッサを中心に一致団結する黒ずくめ達。

この荒くれ者達を一瞬でまとめ上げるカリッサの、悪党としてのカリスマは相当なもののようであった。

そして、そんな熱に浮かされたように盛り上がる黒ずくめ達を前に。

「…………」

ルミアは、静かに諦観の涙を流し続けるのであった。


――――。


カリッサ達は、今後の方針を綿密に打ち合わせ、早速各自行動に移った。

まず、カリッサが、とある特殊霊脈（レイ・ライン）回線を使用した通信魔術で、彼女の旧知の天の智慧研究会メンバーと連絡を取り合った。

まるで女王に近い場所にでも居るかのように、王家の内情に詳しいその人物の指示により、組織の者が派遣されるまでの間、カリッサ達はその場で待機することとなった。

となると、後のやることは単純だ。

現在、こちらへ向かっているとされる、執行官ナンバー０《愚者》の迎撃。

そして、取引材料であるルミア＝ティンジェルの死守。

黒ずくめ達は、カリッサの指揮で小屋回りに結界を構築し、拠点防御を固める。

現在の黒ずくめ達の総兵力は、僅か二十名程。

だが、彼らは全員、歴戦の外道魔術師達だ。

広大な樹海の中、腕利きの魔術師達によって、何重にも結界が張られ、堅牢に防御拠点化されたその小屋は、最早、要塞並みと言って良い。

たとえ、いかに《愚者》が腕利きの執行官といえども、この牙城を崩すのは不可能
──黒ずくめ達の誰もがそう確信し、目前まで迫った栄光に胸を躍らせるのであった。


────。


重苦しい沈黙。肌をピリピリ痺れさせる緊張感。

誰もがただ、ひたすら時が過ぎるのを待つだけの、空白の時間。

時間が、泥濘のようにゆっくりと流れるように錯覚される中。

ルミアが虚ろな目で、ぼんやりと床の木目を数えていると……

「助かるかも、とは考えないことだ」

木箱に腰かけるカリッサが、不意にそんなことをルミアへボソリと言った。

「……？」

縛られて床に転がされているルミアが、視線だけでカリッサに応じる。

現在、この部屋の中には、カリッサ含めて五名。

他の黒ずくめ達は、この小屋の周りの歩哨についている。

小屋の中の警備と外回りの警備……黒ずくめ達はそれぞれ時間で交代しながら、守備を固めていた。実際に、ルミアの見ている前で、黒ずくめ達が入れ替わり立ち替わり、何度も交代していた。

そんな中、黒ずくめ達のリーダーであるカリッサが、ルミアに何の前触れもなく話しかけてきたのだ。

「いや、何……下手な希望を持たれて抵抗されては、面倒なのでな」

カリッサが床のルミアを見下ろしながら、一方的に続ける。

「ここに向かって来ているという、執行官ナンバー０《愚者》。……どんな人物なのか、少し貴様に教えてやろう」

「………」

「やつは、我々の業界では有名人だ。冷酷無比な魔術師殺し……いかなる手段を用いているかは与かり知らぬが、やつの前に、あらゆる魔術師が無力なカカシと化すらしい。

やつが始末した達人級の外道魔術師は、明らかになっているだけでも、すでに二十人を超えている。実際はもっと殺しているだろうな。これは脅威的といっていい。

私の顔見知りの同業者も二人殺られている。誰かに負ける姿など想像もつかなかった凄腕だったのだがな。はっ……まるで悪魔か死神のような男さ」

「…………」

「そんな男が、ここに向かっている。恐らく、お前を捨てた女王アリシア七世の勅命でな……その意味がわかるか？」

「……ッ!?」

不意に出た母アリシアの名前に、ルミアが目を見開く。

そして、みるみるうちに、その目に理解の色が広がっていく。

「そうだ。件の《愚者》が、貴様をわざわざ救いに来るであろうはずがない。むしろ……我々共々、貴様を始末しに来るのだろうよ」

「……あ……ぁ……」

「わかるだろう？　王女様……聞いたぞ？　呪われた貴様は、王家にとって、帝国政府にとってアキレス腱だ。このまま野放しにはできない。かといって表立って救うこともできない。……ならば、どうするか？　消すのが一番手っ取り早い」

そんなカリッサの指摘に。

「そん……な……そんな……」

ルミアの顔に、さらなる色濃い絶望が広がっていく。

嘘だ。信じたくない。

確かに、母親は自分を捨てたけど。でも、さすがにそこまでは……

でも、別れる最後の瞬間に向けられた、あの母親のどこまでも冷え切った目は？

そもそも、救出するつもりなら、どうしてそんな恐ろしい人を差し向けるのか？

ひょっとして……母は本当に自分を……？

「……ぅ……あ……あああ……」

こんな極限状態で、まともな論理的思考が十三歳の少女にできるはずもない。

ルミアはたちまち、恐怖と混乱の渦中に呑み込まれ、ボロボロと泣き始める。

「……ふっ」

一方、自身の言葉の成果を見て取ったカリッサは冷酷に笑う。

これで万が一、《愚者》にルミアの身柄が渡ったとしても、このルミアという少女はひたすら《愚者》の足手纏いとなるだろう。

（まぁ、《愚者》がこのガキを始末しに来るというのは、恐らく事実だろうがな。まぁ、万事は順調……委細問題なし）

今回の計画の成功を、早くもカリッサが確信し始めていた……その時だった。

キン、キン、キン……

小屋内に、まるで金属の反響音のような音が鳴り響いた。

途端、小屋の外が慌ただしくなり、ルミア達のいる部屋に、黒ずくめの一人が駆け込んでくる。

「樹海内に張った索敵結界に反応あり！　ポイントＢ－41、侵入者です！」

「戦力は？」

緊張感で空気が張り詰める中、カリッサが冷静に淡々と問う。

「一人。前情報から照合するに――敵は《愚者》で間違いないかと」

「なるほど。少々動きが遅いと思ったら、ようやくお出ましか」

カリッサが薄ら寒い笑みを浮かべながら立ち上がる。

「バカめ。ポイントＢ－41からの侵入……それで裏をかいたつもりか？　どうやら、魔術師殺し様は噂(うわさ)ほどではなかったらしい。……まぁいい、手筈(てはず)通りα(アルファ)、β(ベータ)チームは私の指揮の下、迎撃に移る！　γ(ガンマ)チームは、ガキを見張っていろ。以上だ！」

「「「はっ！」」」

カリッサの指示に、黒ずくめ達は一糸乱れぬ動きで行動を開始する。

愚かにもこの樹海の城塞に足を踏み入れた、哀れな犬を惨殺するために——

——。

ちっ……ちっ……ちっ……

薄暗い小屋の片隅に放置されている壊れかけの柱時計が、無情に時を刻み続ける。

のし掛かる重苦しい沈黙に、ルミアは今にも押し潰されそうであった。

「…………」

カリッサ達が意気揚々と出て行った後。

現在、この部屋内に残る黒ずくめは、ちょうど五人だ。

腕組みして壁に背を預けていたり、煙草を吸っていたり……各々が思い思いの場所で沈黙を保ったまま、待機している。

このまま、この重苦しい時間が永遠と流れ続ける……そんな風に錯覚していた時。

ルミアは、ふと、ぞくりと背中に駆け上る悪寒を覚えていた。

「…………」

それは、生まれて初めて経験する生理的嫌悪感、とでもいうべきものだろうか。

五人の黒ずくめの一人――少々小太りの男が、ルミアを、じっと見ていたことに気付いたのだ。

ルミアと目が合うと、その小太りは目をそらしたが……

ちっ……ちっ……ちっ……

時計が緩慢に時を刻む中、小太りは何度も、ルミアの肢体を舐めるように見てくる。

気付けば、ルミアを見ているのは小太りだけではない。

腕組みして壁に背を預けている黒ずくめと、入り口付近で見張りに立つ黒ずくめ以外の者達が、皆、ルミアの様子をちらちらと窺っているのだ。

「……っ！」

何か異常な雰囲気や情動が、次第に黒ずくめ達に高まっていくのがわかる。

何かとてつもなく嫌な予感を覚えて、ルミアはその視線から逃れるように身じろぎする。

だが、床がぎしぎしと耳障りな音を立てて軋むだけであった。

「やれやれ、暇だなぁ」

ぼそり、と。

不意に誰かが漏らした呟きが、全ての皮切りになった。

「……ヤッちまうか？」

それを合図に、小太りの男がルミアの下へゆっくりとやって来る。

「へへ、いいね……付き合うぜ？」

「ま、暇つぶしにはなるか」

すると、それに従うように二人の黒ずくめも、ルミアの下へやって来る。

「……ひっ⁉」

ルミアは異様な雰囲気で近付いてくる黒ずくめ達から逃れようと藻掻くが。

手足を縛られて転がされている状態ではどうしようもなかった。

どんっ！

そうこうしているうちに、小太りはルミアを組み敷き、覆い被さってきた。

見れば、小太りの目は興奮に血走っており、生臭い息がルミアの顔にかかってくる。

傍らに立った二人の黒ずくめはニヤニヤしながら、そんなルミアを見下ろしていた。

「へへへ……こんなガキでも、女は女……久しぶりだなぁ……」

「ま、たまには、こういうションベン臭ぇガキを使って抜くのも悪くねえかもな」

「は？　お前、わかってねえな。むしろ、こういうガキだからいいんだろうが」

「けっ、ロリコンかよ、てめえ。軽く引くわ」

好き勝手に言い合っている黒ずくめ達。

ルミアとてすでに十三歳。王族教育の成果で、その手の知識はある。

ゆえに、これから我が身に何が起きようとしているのか……わかる。わかってしまう。

「嫌っ……や、やめ……ッ!? お願い……しま……ッ!」

ルミアは目尻に涙を浮かべ、真っ青になりながら抵抗する。だが、やはりこんな状態ではどうしようもない。

半端な拒絶と抵抗が、黒ずくめ達の嗜虐心と興奮をさらに煽るだけだ。

「ははははっ！　しっかし、見ろよ、コイツ！　ガキのくせに恐ろしく美形だよな？」

ルミアの顎を持ち上げ、値踏みするように眺めてくる黒ずくめ。

「ああ、よく見りゃマジでな！　高級娼館にもこれほどの上玉は滅多にいねえ。こりゃ将来が末恐ろしいぜ！」

「ひゅ～っ！　これほどの女なら、ちょっとだけロリコンも悪くねえって思えるな」

ルミアを囲む黒ずくめ達が、愉しそうに、下劣に笑っている。

最早、人間には見えなかった。彼らは人の姿をした畜生だったのだ。

「はぁ……これだから男ってのは。……ふん、早く済ませなさいよ？」

入り口付近に佇む黒ずくめは、どうやら女性らしく、余興に加わる気はなさそうだ。

だが、呆れたように肩を竦めつつも、男達の蛮行を止めようとする気配はない。彼女も結局は畜生側の人間だからだ。

ただ――

「おい、止めろ。俺達がカリッサから受けた命令は見張りと待機だ。忘れたか？」

腕組みをして壁に背を預けていた黒ずくめだけが、そう鋭く警告していた。

「あ？　なんだよ、てめぇ？　真面目君かぁ？」

ルミアを囲む三人の黒ずくめ達が、壁に背を預ける黒ずくめへウザそうに返す。

入り口付近の女黒ずくめですら、〝今さら、何、良い子ぶってるの？〟と言わんばかりの冷めた目で、壁の黒ずくめを流し見ている。

「おいおい、心配すんなって。カリッサ姐さんはこの手のことに関しちゃ、話がわかる人だろ？　今まで、俺達のこの手のオイタを咎めたことあったかよ？」

「ああ。いつも通り、殺したりしなきゃ、問題ねえよ」

「それよりか、お前も加わらねえか？　へへっ……お前も溜まってんだろ？」

口々にそんなことを返してくる、黒ずくめ達。

「…………」

それ以上、追求する気はないのか。壁に背を預ける黒ずくめは、そのまま無反応で押し黙ってしまい、ルミアから視線を外した。

それでその男に興味を失ったのか、ルミアを囲む三人の黒ずくめ達は、早速、下劣な蛮行を再開し始めた。

「さぁて……まずはお前の身体、じっくり拝見させて貰うかぁ？」

「とりあえず、縄を解け。邪魔だ」

「手足はしっかり押さえてろよ……クックック」

縄を解かれ、ルミアの手足は男達の手によって、床に仰向けに押さえつけられる。

そして、ルミアに覆い被さる小太りの黒ずくめが、ルミアの服を一気に引き裂こうと、衣服の胸元に手をかけた。

「い、嫌っ⁉　嫌ぁあああああっ！　助けてッ！　誰か助けて……ッ⁉」

ルミアが泣き叫びながら、必死に暴れる。

だが、大の大人三人に押さえ込まれては、虚し過ぎる抵抗だった。

抵抗しながら、ルミアは物思う。

一体、本当に、どうして、こんなことになってしまったんだろう？

なんで、私はこんなに惨めな目に遭わなければならないんだろう？

（私が……あんな、呪われた〝力〟を持っていたから……？）

そうだ。それが全て悪い。

あの〝力〟を人に見せたせいで、母アリシアは人が変わり、ルミアを捨てた。

あんなフィーベル家に放逐され、そこの令嬢と間違えられて、攫われる羽目になった。

（こんな……こんな呪われた〝力〟さえ、なかったら……ッ！）

恐怖と絶望と混乱の中、ルミアがそんなことをぐるぐる考えている最中。

「ぎゃははははっ！　いいぜ、いいぜ、その反応！　そそるじゃねえか！　そんじゃまぁ、ご開帳と――」

ついに、黒ずくめがいよいよルミアの衣服を引き裂こうと、手に力を込めた。

びっ……ルミアの衣服の胸元が、微かに破れかけた――

――その時だった。


どんっ！


突然、室内を火薬の炸裂音が反響した。

刹那、びしゃっ！　ルミアの顔を、不意に飛び散った生温い液体が打った。

「……え？」

ルミアの服を裂こうとしていた小太りの黒ずくめが、糸の切れた人形のように、ルミアの上へ倒れ込む。そのこめかみには大穴が開き、血と脳漿が溢れ出している。

「……クソ、ついやっちまった。予定と全然、違うじゃねーかコレ」

ルミアが恐る恐る見上げれば……つい先ほどまで壁に背を預けていた黒ずくめが、いつの間にか、ルミアの傍らに立っている。

その黒ずくめは、手に古めかしいパーカッション式回転拳銃を握っており……その銃口からは、白い硝煙がもくもくと上がっていた。

「……な……？」

「あ……？」

銃を握る黒ずくめの唐突なる凶行に、室内の時間が止まるのは――一瞬。

「な、何しやがる、てめぇぇぇぇ――ッ!?」

黒ずくめの一人が声を上げて立ち上がり、銃を握る黒ずくめへ掴みかかっていく。

だが、疾く素早く旋回する銃口。

銃を握る黒ずくめは、激昂して掴みかかって来る黒ずくめの眉間へ、無言で銃口を押し当て――躊躇いなく引き金を弾く。

どんっ！　灰色火薬（アッシュ・パウダー）と呼ばれる魔術装薬の炸裂で銃口から吐き出された球弾頭の壮絶な威力が、黒ずくめの頭部を弾（はじ）けさせ、その衝撃でその身体が後方へと吹き飛ぶ。

たちまち、床に転がって積み上がるもう一つの死体。

「魔術の弾丸だと⁉　き、貴様、何者だ……ッ⁉」

「ちぃいいいい――ッ⁉　敵か……ッ⁉」

ようやく、銃を握る黒ずくめを〝敵〟と認識した、残りの黒ずくめ達が反応する。

訓練を受けた戦士特有の洗練された動きで、黒ずくめ達が跳び下がり、銃の黒ずくめから距離を取る。

そして、黒ずくめ達は二人同時に呪文を唱えた。

「《雷帝の閃槍（せんそう）よ》――ッ！」

「《雷帝の閃槍よ》ッ！」

さすがは歴戦。選択した攻性呪文（アサルト・スペル）は、黒魔（くろま）【ライトニング・ピアス】。

この至近距離下、一節詠唱で放たれる雷閃（らいせん）は、どんな対抗呪文（カウンター・スペル）も間に合わない。

よしんば間に合ったとしても、二対一――十字砲火だ。

片方の雷閃を防いでも、違う方向から迫るもう片方の雷閃は防げない。

銃を握る黒ずくめの命運は尽きた――そのはずだった。

だが——

「な……ッ⁉」

「……嘘、なんで……ッ⁉」

黒ずくめ達の指先から【ライトニング・ピアス】の雷閃が飛ぶことはなかった。

こんな土壇場で、魔術起動をミスるような柔な鍛え方をしている黒ずくめ達ではない。

だが、間違いなく呪文は唱えたのに、間違いなく呪文起動の五工程を完璧に終えたはずなのに——肝心の呪文がなぜか起動していない。

「ふ——ッ！」

その刹那、銃を握る黒ずくめが発条で弾かれたように動く。

左手の指先に挟み持っていたカードのような物を捨て、そのまま右手で握る拳銃の撃鉄を神速でファニングする。

親指、人差し指、薬指で、刹那に三回撃鉄を弾く、高速三連射だ。

一発の銃声に重なって飛ぶ三発の弾丸が、残る黒ずくめの一人の眉間、喉、胸部へ同時着弾する。僅かな反撃猶予も残すことなく、瞬時に命を消し飛ばす。

「——がっ⁉」

三発の弾丸で水平に吹き飛ばされ、壁に叩き付けられる黒ずくめ。

さらに積み上がる死体となって、床に転がるのであった。

「ひ、ひぃ――ッ⁉」

最後に残された女黒ずくめが悲鳴を上げ、次々と反撃の呪文を唱え始めた。

「ら、《雷帝の閃槍よ》――ッ！　ほ、《吠えよ炎獅子》――ッ！」

だが――いくら呪文を唱えても、魔術はまったく起動しなかった。

ただの一発たりとも、慣れ親しんだ破壊が手から放たれることはなかった。

「《氷狼の爪牙よ》――ッ！　な、なんで……ッ⁉　なんでよぉ……ッ⁉」

後ずさり、壁に背をつけて、半狂乱で声を荒らげる女黒ずくめ。

そんな彼女の前で。

「……ッ！」

ばさっ！　銃の黒ずくめは、まるで手品のようにその偽装を脱ぎ捨てた。

現れたのは、帝国宮廷魔導士団特務分室の魔導士礼服に身を包んだ青年であった。

その青年は、女黒ずくめへ油断なく銃を構えたまま、歩み寄っていく。

「え……？　特務分室の……執行官……？」

ぺたん……と。

恐怖のあまり腰が抜けたのか、女黒ずくめはその場にへたり込んでしまう。

そして、その時……女黒ずくめは、ふと気付いた。

先ほど、この青年が放り捨てたカードらしきものが、女の傍らに落ちている。

そのカードはどうやらアルカナ・タロ一のようであった。その表面には、〝愚者〟を暗示する絵柄が描かれている。

「……〝愚者〟……ッ⁉ ま、まさか……ッ⁉」

全てが繋がり、黒ずくめの女は総身を震わせながら叫んだ。

「ま、まさか……お前が、あの《愚者》のグレン=レーダスッ⁉」

そんな女の言葉を塞ぐように。

ごつ……女の眉間に、詰め寄った青年の銃口が押し当てられる。

青年は、女をどこまでも冷え切った目で見据えていた。

情けも容赦もない。その目に人間らしい感情など欠片も映っていない。

「ひ、ひぃ……ッ⁉」

黒ずくめの女は、祈るように手を組み、半狂乱で泣き叫んだ。

「……た、助けて……ッ！ 死にたくない……お願い……ッ！ 降伏します……ッ！ なんでもします……ッ⁉ だ、だから、命だけは……ッ！」

だが——

これが答えだと言わんばかりに。

青年――グレンは迷いなく、引き金を弾いた。

どんっ！　銃声と共に、弾けるように虚空に咲いた血の華。

まるで作業のように、死体がさらにその場に積み上がるのであった。


――そんな一方的な殺戮劇を。

「ぁ、あ、あ、ああああ――ッ⁉」

ルミアは、自分に覆い被さる死体の気持ち悪さも忘れて、ただ震えて泣きながら、眺めていた。

「ああ、クソ……折角、《法皇》謹製、認識操作の偽装結界を纏ってここまで苦労して潜り込んでたってのに、これで全部パァか……まぁ、早めに〝姫君〟を確保できただけでも良しとするか……」

グレンは、バレル・ウェッジを抜いて、パーカッション式回転拳銃を銃身とフレームに分離し、空になった弾倉を落とす。新しい弾倉と付け替える。

そして、床に落ちた愚者のアルカナを拾い……ルミアの方を振り返った。

「……泣くな。静かにしろ」

だが──それを皮切りに。

その瞬間、止まっていたルミアの時間が動き始める。

ルミアは恐ろしかった。そのグレンという青年の何もかもが恐ろしかった。

グレンは、何の躊躇いもなく黒ずくめ達を皆殺しにした。戦意を失った相手にも容赦なし。命乞いにすら微塵も耳を貸さなかった。

自分を見下ろしてくるグレンのその凍えるような、昏く冷え切った瞳。とても血の通う人間の目とは思えない。きっと、同じように今まで何人も何人も殺してきた人なのだ。だから、そんな人ならざる者のような……奈落の底のような目ができるのだ。

間違いない──このグレンと呼ばれた青年こそが、噂の《愚者》。

母が、ここへ差し向けてきたという冷酷無比な魔術師殺し。

聞いていた通り、この魔術師殺しは、ルミアをさらった外道魔術師達を虐殺した。

ならば、次に何が起こるかは、わかりきっている。

次は──きっと、自分の番なのだ。

なぜなら、自分は母に捨てられた子であり、母にとっては要らない子。生きていてはいけない、生かしておけない邪魔な子なのだから──

「安心しろ。俺は、お前を助けに──」

「い、いやぁあああああああッ⁉」

ゆえに、ルミアの感情の暴発は止まらなかった。

グレンが何かを言いかけていたが、そんなものは一片たりとも耳に入らない。

ルミアは自分に被さる死体の下から半狂乱で抜け出し、破れかぶれに部屋の出入り口扉を目指して駆け出した。

「やだ、助けて⁉　誰か、誰か助けて⁉」

「うわ、しまった⁉」

グレンの脇をルミアが抜けようとした瞬間。

グレンはルミアの手を掴み、ルミアを床へと引き倒して、組み敷く。

「な、泣くな⁉　俺はお前の味方だ！　味方！」

「嘘ッ！　私に味方してくれる人なんていいるわけないもん！　この世界で私に味方してくれる人なんていない！　お母さんも、お母さんすら私を捨てたのに――むぐッ⁉」

グレンは、手でルミアの口を塞ぐ。

ルミアの恐怖と混乱はことここに至り、頂点に至った。

暴発する感情は、その幼い心の許容量をとっくに振り切っていた。

背筋を氷の刃で刻まれたような悪寒。小舟を翻弄する嵐のような狂乱。

次第に空白へと淀んでいく思考の中、ルミアは死に物狂いで暴れる。

だが、手足をグレンに完全に押さえつけられ、何もできなかった。

殺される。いよいよ殺される。死にたくない。助けて、誰か助けて。

いやだ。こんな所で一人ぼっちで死ぬのは嫌だ、嫌だ、嫌だ——

ルミアが次第に遠くなる意識の中で、ぐるぐるとそんなことを考えていると。

「俺は、お前の、味方だ」

ふと、ルミアの耳に滑り込んでくる、そんな声。

ゆっくりと、一言一言、ルミアへ言い聞かせるように紡がれた……その言葉。

「……ッ⁉」

ルミアは気付く。

さっきまでは、自分の目の錯覚だったのだろうか？

グレンのあの凍えるように鋭く冷たい人殺しの目は……いつの間にか、訴えかけるように必死な、真摯な眼差しとなっていた。

「……ッ……ッ…………ッ！」

だからといって、恐怖は消えはしない。心臓が破れそうなほどの動悸は治まらない。

ルミアの目からぼろぼろ涙があふれる。

どの道、このグレンが自分の目の前で、血も涙もなく人を殺したのは事実なのだ。

ルミアはグレンが怖い。たまらなく怖い。怖くて死んでしまいそうだった。

けれど、グレンはそんな恐怖に震えるルミアを、ほんの一瞬だけ悲しげに揺れた瞳で見つめて……そして、言った。

「頼む。敵は外にまだ残ってる。お前がそんな調子じゃとても切り抜けられない」

「……ッ！」

「俺のことをいくら怖がろうが、嫌おうが構わない。だが、もし、お前が泣きやんでくれるなら──俺が、お前に味方してやる。

この世界に自分の味方なんて誰もいないって言ったな？　なら、俺がお前の味方だ。

世界中が敵に回っても、お前を嫌っても、俺だけは、お前に味方してやる。

だから、頼む……泣くな」

そんな風に、どこか辛そうに訴えかけてくるグレンの姿に。

「………ッ！　……、」

とりあえず、ルミアの感情の暴発は引き潮のように引いていく。だが、その目には、グレンに対する未だ拭いきれない恐怖と不信が張り付いたままだ。

何かをきっかけに、容易に再暴発する爆弾。とても危うい状態だ。

そんなルミアから、グレンはそっと手を放し、腫れ物を扱うように立たせる。

そして、ルミアと視線の高さを合わせて言った。

「……すまん。悪いが、予定が完全に狂っちまった」

「よ、予定……？」

「ああ。詳しく話している暇はねーが……とにかく、まだ仕掛けるタイミングじゃなかったんだよ。ぶっちゃけ、今の俺達、相当ヤバい。敵陣で完全に孤立だ。外に出た敵連中もすぐに戻って来る。そうなりゃ一巻の終わりだ。こうなったら、俺の仲間達の待機ポイントまで一気に駆け抜けるしかねえ……付いて来い！」

そうして、グレンはルミアの手を引き、部屋から出る。

小屋の外へと飛び出すと、その周囲は深い樹海だ。

夜の闇が満ちるその深海の底のような樹海の奥へ、グレンはルミアを連れて走り始めるのであった――


こうして、グレンとルミアの二人は、夜の樹海を駆ける。

樹海の中の、遠く離れたとあるポイントを目指して駆け続ける。

当然、小屋の異変に気付いた残りの黒ずくめ達が、二人を追撃する。

グレンはルミアを連れたまま、追っ手の黒ずくめ達と何度も交戦し、破壊的な威力の呪文を応酬する。

そうして、敵を何人も何人も魔術で打ち斃していき——

そして——


————。


樹海の中の、とある隆起した断層の陰にて。

「……はぁ……はぁ……ったく、しつこい連中だぜ……」

そこに隠れたグレンが、断層の陰から後方の様子を窺っていた。

「クソ。なんだかんだで、徐々に包囲されつつあるな……」

ルミアを守って連れながらでは、グレンは身体能力強化の術式に多くの魔力を割かなければならない。必定、グレンの少ない魔力容量では、あらゆる魔術の使用回数や魔力消費を絞らなければならず、単調な攻撃にならざるを得ない。

おまけに、敵もこれまでの戦いで気付いたのだ。グレンが噂で聞くほどの恐るべき存在ではなく……その実体は、ただの三流魔術師であるということに。

ゆえに、この追跡劇がとある一定時間を過ぎる頃……グレンの攻撃は敵にまったく通らなくなってしまう。当初はおっかなびっくりだった敵の追跡が、徐々に格下の獲物を駆り立てるような、苛烈で強気な攻勢へと転じていく。

グレンもその事態を打破するために、あらゆる防御手段を貫いて、相手を確実に殺せる切り札——固有魔術(オリジナル)【愚者の一刺し(ペネトレイター)】を駆使して戦況を保ったが……その起動装薬である《イヴ＝カイズルの玉薬》は、先ほどの戦闘でついに尽きた。

仲間の待機ポイントも、まだまだ遠い。

グレン達は、窮地に追い込まれつつあった。

「こうなりゃ、危険だが敵を接近戦で撃破して包囲網を破るしかねえ……残存魔力は僅か……残る武装は、ナイフ一本に鋼糸が二本、予備弾倉(シリンダー)一つ……これらに魔術で魔力を付呪(エンチャント)すれば……いけるか？」

グレンが事態を打破する算段を立てていた……その時だった。

「……あなたって……何者なんですか……？」

ぼそり、と。

グレンの足下で膝を抱えて座り込んでいるルミアが、生気のない目で呟(つぶや)く。

「さっきから魔術を使って、何人も何人も殺して……なんで、そんなに簡単に人を殺すんですか……？　殺せるんですか……？」

まるで責めるような、蔑むような声だった。もうどうでもいい、好きにして……そんな自暴自棄の問いだった。

グレンは、そんな風に呟くルミアをしばらくの間、見下ろし……やがて言った。

「仕事だからな」

「そうですか。魔術で人を殺す殺し屋さんなんですね」

ルミアが投げやりに応じる。

「そうやって……魔術で人を殺す殺し屋さんは、最後に私も殺すんですよね？」

「！」

しばらくの間、グレンは無表情で押し黙る。

「さっき、約束しただろう？　俺は確かに人殺しのクズ野郎だが、お前の味方だ」

「…………」

だがルミアは何も答えない。

何かを諦めきったような卑屈な目で、あさっての虚空を見つめるだけだ。

グレンはそんなルミアの様子に、嘆息しながら続けた。

「俺を信じられないのはわかる。あんだけ、お前の目の前で、魔術で人を殺しまくって……そりゃそうだ……お前にとっては、俺もあいつらと似たようなモン、か……」

ルミアがふと、視線を上げる。

無表情でぽつぽつ語るグレンの言葉の端々に、どこか切ないものを感じたからだ。

「だがな、これだけは本当だ。俺はお前を助けに来たんだ」

「…………」

「お前を助けたら、俺は消える。もう二度とお前の前に姿を見せない。だから、今は……今だけは、どうか俺を……」

「嘘です」

だが、グレンの必死な言葉を、ルミアは苛立ったように拒絶した。

「……私を助けに来た？　一体、どうして？　なんで、そんな嘘を吐くんですか？　私は捨てられた、要らない子なのに……」

「……ッ⁉」

「あなたは知らないかもですけど……私、呪われているんです。生まれた時から、私は不幸になる運命だったんです。だから、お母さんは私を捨てた……邪魔だから。だから、こんな呪われた私なんか、助けてくれる人なんかいるわけないんです……」

「……呪い？　なんだそりゃ？」

グレンが問い返すが、ルミアはお構いなしに胸の内を吐露する。

「もう……嫌……嫌だ……恐いのも、苦しいのも、辛いのも、嫌……もう早く終わらせてよ……ひっく……ぐすっ……もう諦めてますから……だから、もう終わりたい……」

膝の間に顔を埋めて泣きじゃくるルミア。

グレンは、しばらくの間、そんなルミアを見つめていて……

「……バカ野郎。そんなこと言うんじゃねえ」

気付けば。

ルミアは、片膝ついて屈んだグレンに両肩を掴まれ、真っ直ぐ覗き込まれていた。

「……ッ⁉」

血塗られた人殺しの手に触れられたその瞬間、ルミアはびくりと恐怖に身を竦ませるが……なぜか、嫌な気分にはならなかった。

そんなルミアに、グレンは必死に言葉を紡ぐ。

「信じていた人に裏切られる……お前の絶望がどれほどだったのか、俺には想像もつかねえ。おまけに、お前はまだガキだ。……仕方ねえよ、自棄になっても」

「…………」

「だがな……あの人が、一体どんな思いで俺に頼んだか……どんなリスクを背負って、俺を派遣したか……お前がそんなんじゃ、あの人があまりにも報われねえ……」

「……あの人……？」

「今のお前の小さな心じゃ、誰かの思いを汲むなんて無理かもしれねえ。だから、せめて子供らしく……生きたいと願ってくれ、素直に助かりたいと思ってくれ。

もう終わりたいなんて言うな……不幸が自分の運命なんだと諦めないでくれ……お前の無事や幸福を願ってくれている人は、間違いなくいるんだからよ……」

「…………」

ふと、ルミアは思った。

なんだろう、この人は。何か……違う。

この人は、冷酷無比の魔術師殺し、執行官ナンバー０《愚者》ではなかったのか。

実際に、ルミアの目の前で何人も無情に殺している。

この人はまるで悪魔か死神だ。信じられるわけがない。

なのに──

「何度だって言う。俺は、お前の味方だ。お前を守る。そのためなら、俺は魔術を──」

だが、グレンがルミアに何かを訴えかけようとした……その時だった。

二人の周囲で、無数の気配がはっきりとざわめいた。

追っ手の包囲網が、ついに目と鼻の先まで狭まってきたのだ。

「……話している場合じゃねえな」

グレンはルミアを離して立ち上がる。

そして、覚悟を決めたように、樹海の奥──闇の向こう側を見据えた。

「お前はここでじっとしていろ。絶対に動くな。……すぐ戻って来る」

「あ……」

そう言い残して。

グレンは地を蹴って駆け出し、足音もなく闇の中へと消えていくのであった。

……しばらくして。

闇の向こう側から、稲妻や火焔(かえん)の爆(は)ぜる音。

誰かの怒号。戦いの喧噪(けんそう)。断末魔の叫び。

それらが、けたたましく聞こえてくるのであった──

──。

ざざざ──と。樹海の低い草を蹴る音が、宵闇に反響する。

「はぁ……ッ！　はぁ……ッ！　はぁ……ッ！」

ルミアが一人、闇の中を走っていた。

何かから逃げるように、恐怖に追い立てられるように足を動かす。

「嫌だ……もう、嫌……嫌ぁ……ッ！」

グレンが、ルミアを残して戦いに行った後。

一人残されたルミアは、グレンの言いつけを聞かず、その場から逃げ出したのだ。

当然だった。信じられるわけがない。

あのグレンという青年は、悪魔か死神だ。

グレンに手を引かれるままに付いていけば、きっと取り返しのつかない地獄の底まで引きずり込まれてしまう……そんな気がしてならないのだ。

だから、逃げた。

これが最後のチャンスだと、ルミアは思ったのだ。

そう決意して逃げ出した瞬間、なぜか胸が痛かったが……きっと気のせいだ。

「ぜぇ……ッ！　ぜぇ……ッ！　ふぅ……ッ！　はぁ……ッ！」

だが——駆けながらルミアは考える。

実は……ほんの少しだけ、こうも思ったのだ。

ひょっとしたら……あのグレンという青年は、言葉通り、本当に自分を助けに来てくれただけなのではないのだろうか？　と。

だって、ただの人殺しの魔術師としては……あの青年は、あまりにも——

「ううんっ！　信じられない……ッ！　信じられないよ、そんなの……ッ！」

なぜなら、自分は母にすら捨てられたのだ。

世界で、もっとも自分を愛してくれているはずの母が、自分を捨てたのだ。

だったら、こんな自分を、一体どうして、誰が、今さら助けてくれるのか。赤の他人が手を差し伸べてくれるのか。

居るわけない。そんなに世界が優しいのなら、そもそも母が自分を捨てるわけない。

そんなの理屈に合わないではないか——

「ひぃ……っ！　ひぅ……っ！　はぁ……ッ！　ぜぇ……ッ！」

駆ける。駆ける。駆ける。

ただ、恐怖と絶望という衝動が衝き動かすままに駆け続ける。

闇の中を、何らかの救いを求めて駆け続ける。

だけど——

（どうすればいいの……ッ⁉　一体、どこへ行けばいいの……ッ⁉）

熱に浮かされた思考の中で、ルミアは考える。

（私にはもう……どこにも……どこにも帰る場所がないのに……ッ！）

母には捨てられた。

散々わがままや悪いことをしたので、フィーベル家の人達も、もうきっと自分に愛想を尽かしていることだろう。むしろ、自分がいなくなって清々しているはずだ。

そう──自分には帰る場所なんて、もうとっくにどこにもないのだ。

（こうやって、逃げても……私は……ッ！）

衝動に衝き動かされるまま、足を酷使していたが……もう限界だった。

帰る場所がない。その事実に心は急速に萎え、足を支えていた力が抜ける。

どしゃっ！

ルミアは、樹海の苔生した地面に倒れ込んでしまう。

肉体的にも、精神的にも限界を振り切っている。最早、一歩も動けなかった。

「もうやだぁ……助けて……助けてよぉ……なんで、私ばっかり……ぐすっ……」

しばらくの間。

ルミアはその場で、惨めったらしく泣き喚いていた。

もう何もする気が起こらなかった。

このまま、闇に溶けて消えてしまいたいとさえ思った。

だが……ルミアがそんな風に、いつまでもグズっていると。

がさり。

不意に、茂みをかき分けて、ルミアの前に何者かが現れた。

グレンが追い付いたのかと思って、ルミアがびくりと顔を上げると……

……事態はより最悪の方へと転がっていた。

「ぜぇ……ぜぇ……こんな……所に……いやがったか……クソガキ……ッ！」

現れたのは、黒ずくめ……敵の一人であった。

だが、身体のあちこちが血で真っ赤に染まっている。かなりの深手であり、その激痛のためか目が血走っていて、形相が修羅じみていた。

「ひ、ひぃ……ッ⁉」

青ざめたルミアが一歩、また一歩と後ずさりするが……

手負いの黒ずくめは、全身に抑えきれない憎悪と憤怒を漲らせ、何事かを呟きながら、ルミアへゆっくりと近付いてくる。

「クソ、なんなんだ、あの《愚者》とかいう野郎……ッ⁉　クソ弱ぇ三流魔術師のくせに……どうして、俺達が負ける……ッ⁉　皆殺しにされている……ッ⁉」

自分の仲間が悉く殺されたためか、あるいはその激しい負傷のためか。黒ずくめは激情のままに自暴自棄となり、最早、すっかり正気を失っていた。

「う、ああ……ぁあああ……ッ⁉」

「クソクソクソ……ッ！　ゲイルの野郎が、フィーベルの令嬢とテメェを間違えて攫ったのがケチの付き始めだッ！　カリッサのやつもまったく当てにならねえ……ッ！　どうしてだ？　どうしてこうなった……ッ⁉」

「嫌だ……こ、来ないで……来ないで……ッ！」

後ずさりするルミアを前に、不意に手負いの黒ずくめが足を止める。

そして、ゆっくりと明確な殺意をもって、左手の指をルミアへと向けた。

「ああ、そうだ、わかってる……ッ！　テメェのせいだ、クソガキッ！　全部全部、テメェのせいだ……ッ！　テメェの……ッ！」

どんっ！　雷閃が大気を切り裂き走る落雷のような音と。

どさっ！　腰の抜けたルミアが尻を地面につく音は——同時だった。

幸運だった。奇跡と言って良い。

ルミアの腰が抜けた瞬間、その頭上——ほんの半瞬前、ルミアの頭部があった空間を、手負いの黒ずくめの指先から発射された雷閃が過ったのだ。

詠唱なしの魔術起動――【ライトニング・ピアス】を予唱呪文にした時間差起動だ。

手負いの黒ずくめは余程の魔力を込めて、予唱呪文を編んでいたらしい。

ごっ！　ルミアの背後にあった木の太い幹が、雷閃によって派手に抉れ、派手な音を木霊させながら倒れていく。

「ちっ、外したか……俺としたことが……」

「ひ、ひいっ⁉」

どうやら、この黒ずくめは黒ずくめ達の中でも、実力上位者のようだった。あんな威力の呪文をくらったら、ルミアの頭などスイカのように弾け飛んでしまうだろう。

「だが……次はハズさねえ……ッ！」

手負いの黒ずくめが、地面に尻をつくルミアへ改めて指を向ける。

「あ、あああ……あああああ……ッ⁉」

ルミアが目を見開いて、自分にピタリと向けられる指を凝視する。

先のような幸運や奇跡はもう二度とない。

次の黒ずくめの一射は、確実にルミアの頭を吹き飛ばすだろう。

そのルミアという人格と思考の一切合切を消し飛ばすのだろう。

「……ぁ……ぁ……っ……」

濃厚で確実な死の気配が、今、自分の背中にハッキリと忍び寄って来ていることを、ルミアは感じていた。

(……私……こんな所で……死……？)

目前に迫った死の恐怖と絶望に遠くなっていく意識と視界、嵐のような混乱の中、ルミアは〝死〟を明確に意識する。

〝死〟が、自分をどこかへ連れて行こうとするのを知覚する。

死にたくない。死にたくない。死にたくない。

生者の本能として、ルミアは〝死〟を恐怖し、拒絶する。

だが――それに抵抗したところで、一体、何になるというのか。

(……私には……もう……帰る場所もないのに……)

全ては無意味。

だから、ルミアは抵抗を止めた。〝死〟を受け入れた。

このまま受け入れてしまえば楽になる。もう哀しいことも辛いこともない。

……だけど。

なぜか、そんな今際の際、ルミアの脳裏に走馬燈のように思い浮かんだのは……

優しい母や姉と過ごした、幸せだった日々と。

こんな自分を、なんとか家族として受け入れてくれようと必死に努力し、親身に尽くしてくれたフィーベル家の人達と。

俺はお前の味方だ……そう言ってくれた魔術を使う人殺し――グレンの姿。

「……ぁ……」

その時、ルミアは不意に思い出す。

グレンの言葉を。

『もう終わりたいなんて言うな……不幸が自分の運命なんだと諦めないでくれ……お前の無事や幸福を願ってくれている人は、間違いなくいるんだからよ……』

「あ、あああ……ぁぁ……ッ!?」

人は――〝死〟を前に嘘を吐けない。あらゆる虚飾や欺瞞を剝がされる。

誰もが〝死〟を前にすれば、丸裸の自分をさらけ出され、否応なく自覚させられる。

ゆえに、ことここに至り――ルミアはようやく気付いた。

今の今まで、〝捨てられた〟という哀しい現実で一杯一杯で、ちゃんと見ていたのに、まったく気付いていなかったこと、目を背けていたことを……ルミアはこの土壇場で、ようやく思い出したのだ。

『貴女は王家から追放です。最早、貴女は私の娘ではありません』……母がそう言って、ルミアを突き放した時、母は確かにぞっとするほど冷たい表情だったけど……その目尻には、微かに涙が滲んでいなかったか？

別れ際、母が自分の耳元で最後に何事かを小さく呟いていたけど……今思えば、それは『貴女に幸あらんことを』と、そう自分の行く末を案じていたのではなかったか？

フィーベル家の人達だって、自分があれだけわがまま言って、暴れて、困らせていたのに……ついぞ〝出て行け〟とは誰も一言も言わなかった。なんとかルミアと新しい家族になろうと、いつだって頑張っていた。本来、よそ者の自分にそこまでする義理も義務もさらさらなかったのに。

自分は捨てられた、呪われているから誰からも受け入れてもらえない……そう思っていたけど。本当は、自分自身が自分を見捨てて、呪って、自暴自棄のまま、誰も彼もを頭から拒絶していただけではなかったのか？

そんな簡単なことに――ルミアは、たった今、気付いてしまったのだ。

「……ぁ……ぁ……ァ……ッ！」

途端、〝死〟を受け入れかけていた心が、くじける。

猛烈に、まだ死にたくない、という気持ちが沸き起こる。生存本能が叫ぶ。

死にたくない！　死にたくない！　死にたくない！

フィーベルの人達に謝りたい！　いつか、もう一度、お母さんと話がしたい！

だけど、それはもう、何もかもが遅すぎて――

「くたばれや、クソガキィイイイイイ――ッ！」

黒ずくめが、ルミアへ雷閃を放とうとした――その瞬間だった。

樹海に響き渡る銃声一発。

飛来する鉛玉の雷火が、気配を察知して咄嗟に身を引いた黒ずくめの眼前を過ぎる。

「な――ッ⁉」

「うぉおおお――ッ！　こっちだ、バカ野郎ォオオオオ――ッ！」

見れば、樹海の闇の奥から、何者かが低い草を蹴って、猛然と駆けつけてくる。

グレンだ。駆けながら銃を構えている。

そして、黒ずくめへ向かって、二射目を撃とうとするが――

かしんっ！　撃鉄が弾切れを告げる無情な音が、樹海内を木霊していた。

「……ちっ⁉」

グレンは、弾切れの銃をあさっての方向へ思いっきり投げ捨てる。

そして、駆ける速度を落とさず、黒ずくめへ左手の指を向け、呪文を唱え始めた。

「《猛き雷帝よ・――》」

咄嗟に、銃撃から呪文攻撃へと切り替えたのだ。

だが、その呪文から察するに、グレンが括る呪文は恐らく――三節。

「《――・極光の閃槍以て・――》」

――遅い。

この戦術距離における三節詠唱は、あまりにも遅すぎる。致命的だ。

ゆえに、黒ずくめは勝利を確信して、詠唱なし――予唱呪文の時間差起動でグレンを迎撃しようとした。

「バカが！　死ねぇえええええええええ――ッ！」

――だが。

黒ずくめが、左手の指先をグレンへ向け、呪文を放とうとした瞬間。

ごっ！　唐突に左手の甲を襲った衝撃に、黒ずくめの呪文照準が盛大にブレる。

「……なっ⁉」

銃だ。グレンが先刻、投げ捨てたと見せて、特殊な回転をかけて投擲した銃が、闇の中を大きくカーブし、信じられない角度から黒ずくめの左手を打ったのである。

そこに生じた隙は一瞬。

「《――・刺し穿て》ぇぇぇぇぇ――ッ！」

されどその一瞬で、グレンの三節詠唱は完成し――

「く、くそがぁあああああああああああ――ッ！」

黒ずくめも慌てて、グレンへ向かって照準し直すが――

どどっ！

暗闇の中をすれ違うように飛び交う、二閃の【ライトニング・ピアス】。

「ぐぅ……ッ⁉」

さすがは歴戦の外道魔術師とでもいうべきか、黒ずくめが苦し紛れに放った雷閃は、それでもグレンの脇腹を掠めて抉り、盛大に肉を焦がし、血の華を咲かせる。

だが――

「……が、……は……」

　グレンの放った雷閃は、黒ずくめの頭部を完全に貫通していた。

　貫かれた黒ずくめは、糸の切れた人形のように四肢を投げ出して転がるのであった。

「げほっ……ごほっ……ッ！」

　どしゃあ、と。グレンも勢い余って地に転がる。

「くそぉ……痛（いて）ぇ……ッ！　なけなしの魔力で【トライ・レジスト】固めておいてよかったぜ……じゃなかったら死んでたぞ、マジで……ッ！」

　そして、抉られて出血する脇腹を押さえながら、よろよろと立ち上がり、へたり込むルミアの下へ、ふらふら向かうのであった。

「ひっ⁉」

　近付いてくるグレンの姿を見て、思わず悲鳴を上げてしまうルミア。

　グレンの負傷は、今抉られた脇腹だけではなかった。

　どんな激闘を経てきたのか、ルミアを見下ろすグレンは生きて立っているのが不思議くらい、全身見るも無惨（むざん）にボロボロの血塗（ちまみ）れであったのだ。

「ひ、酷（ひど）い……そ、そんな怪我（けが）……ッ⁉」

　だが。

「……間に合って……良かった……行くぞ……」

グレンは自身の負傷にはまるで構わず、ルミアの手を取って立たせ、ふらふらと歩き始める。樹海の奥に向かって、足を引きずって歩き始める。

「……わ、悪いな……恐い目に、遭わせちまって……もう……大丈夫だ……からよ……」

グレンは何もルミアを咎めない。ルミアがグレンを裏切って一人で逃げたことも知っているはずなのに、グレンは一言もそれを言及しない。

「わ、私より、あなたです……ッ！　な、なんで……ッ⁉　どうして……ッ⁉　あなた、このままじゃ、死んじゃう……」

「はは、死なねえよ……こう見えて、生き汚さには自信があんだよ……それよりも、早く歩け……敵はほとんど殺ったが……まーだ親玉がどっかに残ってる……」

「そんな……」

なんなんだろう、この人は？

ルミアは、このグレンという男がまるで理解できなかった。

この人は、ただの人殺しじゃないのか。

どうして、こんな自分のために、ここまでするのか。

こんなにボロボロになってまで……

ルミアがそう尋ねると。

「最初に約束……しただろ……？　俺は……お前の味方だって……」

グレンは初志貫徹、短くそう言うだけだった。

思えば。

ルミアがどんなにグレンを罵っても、拒絶しても。

グレンはただ、最初からその一点張りだった。

その一点張りだけで、グレンはルミアの窮地に駆けつけ、ルミアを救い、死の寸前まで負傷しながら、ただ黙々と戦ってくれた。

多くを語らず、言葉を弄さず、ただ行動だけで自身の意思を示し続けた。

（この人は、本当に……なんなんだろう……？）

未だ、この得体の知れない青年のことは恐い。

いくら助けてくれたとしても、自分の前で大勢の人を殺した人なのだ。

今だって、ルミアを助けるためとはいえ、魔術で人を殺した。

だけど。

さすがに、このグレンがただの人殺しや悪人ではないことはわかる。

先ほど、ルミアが死の間際で、母やフィーベル家の人達の真意に気付いたように……グレンに関しても気付いたことがあるのだ。

グレンが魔術を使って人を殺す、その時。

グレンは、いつだって、どこかとてつもなく哀しそうな、辛そうな表情をしていたということに。

「………………」

それに気付いてしまったから。

最早、ルミアはグレンに対して、もう何も言えなくなってしまうのであった。

――――。

「……ガキの頃……正義の魔法使いになりたかったんだよ……」

ルミアは、負傷塗れのグレンに肩を貸しながら、歩く。

当然、グレンの血が自分の服や髪にべたべたつくが……ルミアは不思議とそれを気持ち悪いとは思わなかった。

「……それで……ちょっと拗らせちまって……こんな道に入ったんだ……」

魔力がすでに尽きかけていたグレンは、携行の回復剤を身体に打っていた。

その鎮痛の副作用で、一時的に少し意識が朦朧（もうろう）としているらしい。

グレンは、ルミアに体重を預けて覚束（おぼつか）ない足取りで歩きながら、ぽつぽつと、とりとめもないことを話し始めていた。

グレンなりに、ルミアの緊張や不安を解こうと思ったのか。

あるいは……ただの気まぐれか。

「……俺さ……魔術が好きだったんだよ……俺の師匠がまた凄（すげ）ぇ魔術師で……それで、魔術師ってものに、昔は憧れていた……」

「…………」

ルミアは、そんなグレンの話に黙って耳を傾ける。

「そら……たとえば……」

不意に、グレンがぼそぼそと呪文を唱え始めた。

すると、グレンの手袋に仕込まれていた鋼糸に七色の魔力の光が灯（とも）り……鋼糸がひとりでにするすると動き始める。

伸びる鋼糸は、ルミアの目の前で複雑に絡（から）み合い、折り重なり……やがて、羽ばたく鳥のようなオブジェを形成する。

七つの光と輝く銀が織りなす幻想光景——

そんな輝く鳥のオブジェに、その美しさに、ルミアは思わず目を丸くした。

その一瞬だけ、怖さも不安も全て忘れていた。

「うわぁ……綺麗(きれい)……」

「……な？　スゲエだろ？　結構、感激するだろ？」

グレンはどこか誇らしげな目で輝く鳥を一瞥(いちべつ)する。

「不思議な呪文を唱えたら……こんな不思議なことが、いっくらでもできちまう……魔術って……面白いだろ……？」

だが、そう語るグレンの声はどこか暗く、沈んでいた。

「……そうだ……俺は……魔術が不思議で、楽しくて……面白かったんだ……こんな不思議な力で……皆を笑顔にできたら……助けられたらって……そう思ってた……」

「……思ってた……？　今は……違うんですか？」

「ああ、そうだ。今は……大っ嫌いだよ、魔術なんか」

ルミアは、さっきからグレンの語る言葉が、全て過去形であることに気付く。

グレンは哀しそうに、憎々しげに吐き捨てた。

「……お前も、俺が魔術で人を殺しているとこ散々見ただろ？　結局、魔術は人殺しの道具だったんだよ。クソッ喰らえだ、魔術も、こんな仕事も……だが、とっくに見限っているのに、まだ捨てられねぇ……正義の魔法使いを諦めきれねぇ……」

ルミアは思った。

一体、どのような道を歩いてくれれば、こんな哀しい目になるんだろう？

私は一体どうして、こんな目をする人を、今までずっと恐いと思っていたのだろう？

裏世界の誰もが恐れ戦く、冷酷無比な魔術師殺し？

違う。

これでは、ただの捨てられて道に迷う可哀想な捨て犬ではないか。

「……どうして？」

だから、ルミアは問わずにはいられない。

「どうして……あなたは、そんな恐ろしい魔術を捨てないんですか……？　嫌なんでしょう？　嫌いなんでしょう？」

「…………」

そんな問いに。

グレンはしばらくの間、押し黙って……やがて、答えた。

「それでも……魔術で誰かを救えるからな……」

「……ッ！」

そんなグレンの答えに、ルミアが息を呑む。

「正直、もう愛想は尽きてる……だがな……こんな魔術で誰かを助けられることもある……だから……もう少し……もう少しだけ……頑張ってみようと思って……な……」

それっきり。

グレンは何も語らなくなった。

ただ、黙々と足を動かすだけになった。

そんなグレンを脇で支えながら、ルミアはようやく悟った。

（この人は……ただ、魔術が好きなだけで……戦いとかは嫌いで……なのに、それでも誰かのために戦っている優しい人なんだ……大好きな魔術を大嫌いになりながら……）

〝可哀想〟。そう哀れむのは違うだろう。この人は自ら納得して己の道を進んでいる。

〝頑張って〟。それはあまりにも無責任だ。この人は今にも倒れそうではないか。

〝諦めたら〟。一体、何様のつもりだ。それを決めるのは後にも先にも本人だけだ。

だから——

「……とても、辛い仕事なんですね……」

ルミアにはそれくらいしか言うことができなかった。

人によっては、それすらも相手を傷つける心ない言葉となるだろう。

でも、その辛さを少しでも想像してあげることしか、今の幼いルミアにはできなかったのである。

果たして、ルミアのその言葉は、グレンにどう響いたのかわからない。

聞こえているのかいないのか。グレンは無言のままだ。

だが。

「………」

ほんの少しだけ。

その時、グレンの張り詰めた雰囲気が和らいでいるような……そんな気がした。

――――。

万が一の潜入発覚を恐れて、仲間達との通信手段を持たなかったのが裏目だったが。

逆に言えば、敵に逆探知されることもなく。

グレンは、予定の合流ポイントを目指し、ゆっくりと闇の中を進んでいく。

後、少し。

もう少しで……辿(たど)り着く。仲間達と合流できる。

そんな時。

グレン達の前に、最後の壁が立ちはだかるのであった——

——。


そこは樹海の中に開けた空間だった。

そこだけ木々はなく、ぽっかりと円形の空間が開き、暗い夜空が見える。

月明かりがぼんやりと辺りを照らし……その人物を闇の中から浮かび上がらせていた。

ルミアはその人物を知っている。

カリッサ——自分を誘拐した黒ずくめ達のリーダーであった。

「やってくれたな……執行官ナンバー0《愚者》のグレン＝レーダス」

カリッサは全身に静かな怒りを漲(みなぎ)らせて、グレン達の前に立ちはだかっている。

彼女も少なくはない負傷をしているが、戦闘に支障をきたすほどではない。

グレンは舌打ちしながら、ルミアを庇(かば)うように前に出て、カリッサを睨(にら)み付けた。

そんなグレンを睥睨しつつ、カリッサは淡々と言った。

「貴様は本当にわけのわからぬ男だ。裏社会の誰もが恐れる凄腕の魔導士……達人級を何人も仕留めた魔術師殺し……どんな怪物かと戦々恐々としていれば、なんとまぁ、実体はただの三流魔術師ときたものだ」

「…………」

「〝魔術を封殺する魔術〟――貴様の子供騙しの手品の種も割れ、ははは、評判倒れも良い所じゃないかと意気揚々、貴様に戦いを挑めば……どういうわけか、あの手この手で、いつの間にか、私を残して部隊は全滅だ」

「…………」

「貴様と我々……彼我の戦力差を考慮すれば、100回戦えば、99回は我々が勝つはずの戦いだった。なのに我々は壊滅し、貴様はそうして生き残っている。初めてだよ……ここまで何をやらかすか読めん男はな……ッ！」

そう言い捨てて、カリッサが構える。

「だが、ここまでだ。貴様の手の内はすでに全て割れた。貴様の武装も魔力も尽きかけている。もう恐れることは何もない。貴様を速やかに始末し、そのガキをいただく」

カリッサが、自身に刻まれた身体能力強化術式に魔力を通し、その力を励起させる。

「ちっ……悪党ってのは、どうして、いっつもそうゴタクが多いんだ……？　四の五の言わずにかかって来いよ……さっさとなぁ……」

グレンも、残り少ない僅かな魔力を振り絞り、その身に起動している身体能力強化術式へ魔力を送った。

グレンはとっくにマナ欠乏症の段階に足を踏み入れている。

口の端から血を零しながら、術式に魔力を注いでいく——

「あ、あの……ッ！」

ルミアはそんなグレンの背中へ向かって、声を上げかける。

「大丈夫だ……下がっていろ……ッ！」

そう言い残して。

グレンは、カリッサに向かって、拳を構えて駆け出した。

「ふ、《吠えよ炎獅——」

同時に、カリッサは迎撃の呪文を唱え始めるが——

「させるかぁああああああ——ッ！」

当然、グレンは愚者のアルカナを引き抜き、固有魔術【愚者の世界】を起動する。

起動が封じられるカリッサの呪文。

だが――カリッサはしてやったりとばかりに、ほくそ笑んでいた。

「フン。そうくると思っていたぞ、《愚者》」

猛速度で突進してくるグレンを見据えながら言い捨てる。

「その〝魔術を封殺する魔術〟……自分にも効果を発揮するのだろう？」

「ぉおおおおおおおおおおおおおお――ッ!?」

「つまり、この状況下、彼我の雌雄を決するのは近接格闘戦。その勝負なら――」

その瞬間、グレンは自身の拳の間合いにカリッサを捉える。

真っ直ぐ突き出す右ストレート。

続く連携。旋風の如く繰り出される、裏回し蹴り。

だが、それらをカリッサは首を振って、ひらりひらりとかわし――

ガッ！　回転を加えて、グレンの左胸部へ肘を突き刺す。

「が――ッ!?」

たちまち肋骨が何本か砕け、グレンが吹き飛んでいく。

もし強靱な防御術式が編み込まれた魔導士礼服でなければ、今の一撃で肺や心臓が破裂していたことだろう。

「ガハ――ッ！　げほっ!?　ぐふぅ……ッ!?」

「ふっ、どうだ？　近接格闘戦の勝負なら、こちらに分があるぞ？　技量差もそうだが、貴様にはもう、身体能力強化に割ける魔力がほとんど残されていない」

カリッサが地面に倒れ伏すグレンを見下ろしながら、冷酷に言った。

「……だから……なんだって言うんだ……ッ⁉」

グレンが荒い息を吐きながら、ゆっくりと立ち上がる。

だが、目に見えてグレンの調子は悪い。その膝はガクガクと震え、その顔色はマナ欠乏症で真っ青だ。

それでも、グレンは震える拳を構え……カリッサと対峙する。

「俺は、あの人に……この子に……約束した……ッ⁉　守るってな……ッ！　たかがテメエ如きを前に……オネンネしてるわけにいかねえんだよ……ッ！」

「ならば、強制的に眠らせてやろう……永遠にな……ッ！」

今度は、カリッサから動いた。

疾風のような動きで、グレンとの間合いを詰め、次々と殺人技を繰り出す。

閃光のような手刀でグレンの側頭を打ち、鞭のようなローキックでグレンの足を叩く。

グレンもまるで棒立ちの無反応というわけではない。

だが、どうしても防御が遅れる。対応が間に合わない。マナが枯渇した身体は鉛のように重たく、鈍い。防御しても、その防御ごと削られる。

カリッサの一撃ごとに、グレンの身体がぐらりと傾ぐ。骨に罅が入る。

「どうした⁉　貴様はそんなものか⁉　魔術師殺し！」

カリッサはさらに、そんなグレンを嵐のように攻め立てる。

グレンの鳩尾に突きをくれ、しなやかな踵落としをグレンの脳天に落とす。

「……げほっ⁉　クソぉ……ッ！」

グレンは腕を交差させた防御体勢のまま、カリッサの放つ技の猛烈な物理量に押され、反撃一つ返せず、一歩一歩後退していくしかない。

それは最早、戦いとは呼べない、ただの一方的なリンチだ。

そんな、一方的な戦いを。

「……あ、あああ……ッ⁉」

ルミアはただ、見守るしかないのであった――

（どうしたら……どうしたらいいの……？）

グレンが、ゆっくりと殺されていく光景を前に。

ルミアは考える。

（このままじゃ……あの人が……あの人が……ッ！）

戦いとは無縁の世界に生きてきたルミアでも、わかる。

恐らく、グレンは死ぬ。殺される。

グレンの疲労と負傷はもう、とっくに限界を振り切っている。

他でもないルミアを守るために、今まで無茶な戦いを、何度も何度も繰り返して来たことによって……とっくに肉体は限界を超えている。

結果は、すでに見えている。

これ以上は、ただ苦しむだけだ。

実際、今、壮絶な暴力の嵐に嬲（なぶ）られるグレンは想像を絶する苦痛の中にいるのだろう。

ルミアを見捨てて逃げればいいのに。あるいは諦めるだけでいいのに。

ただ、それだけで、全ての苦痛から解放されるのに。

「く、そ、がぁああああああああああ――ッ!?」

グレンはまだ諦めない。戦うのをやめない。

殴られ、蹴られ、突かれ――それでも血反吐（ちへど）を吐きながら抵抗している。

（あの人は……どうして……どうして、そこまで……ッ!?）

ルミアは唇を噛（か）みながら、そんなグレンの姿を目に焼き付け続ける。

人を殺す魔術が嫌いだと言っていた。こんな仕事糞食らえだと言っていた。
それでも、誰かを救えるならと、こうして戦い続けている。
あの人は、すでに身の上に絶望していながら、それでも何かのために戦い続けている。
恐らくは──より多くの人達を救うために。
ありもしない正義の魔法使いを、ひたすら目指して。
「…………」
ルミアは考える。
(本当にいいの……？　私は、このまま見ているだけでいいの……？)
グレンは己が身の不幸を嘆かない。
私とは違う。
グレンは不幸に耐えながら、それでも前を向いている。
私とは全然、違う。
グレンは、こんな情けない私を守るために、戦ってくれている──
だが、このままでは……
「…………」
一つだけ。

一つだけ……今の自分でも、できることがあった。
ルミアには〝力〟がある。
人には決して言えない〝力〟が。
だが、もう二度と人の前で使う気はなかった。
何か明確な目的のためにその〝力〟を使う発想自体が、まったくなかった。
なぜなら、呪われた〝力〟なのだ。大嫌いな〝力〟なのだ。
この〝力〟のせいで、自分は何もかも失った。不幸のどん底まで落ちた。
もう二度と、一生こんな〝力〟なんか使うものか。二度と。そう頑なに思っていた。
……今までは。
だけど。
『それでも……魔術で誰かを救えるからな……』
ふと、胸の内に蘇るグレンの言葉。
（あの人は、大嫌いな魔術で、ずっと誰かのために戦ってきた……だったら……）
自分だって、こんな呪われた〝力〟で……この大嫌いな〝力〟で……何か、できることがあるのではないか？

大嫌いな魔術で、誰かを助けようと足掻き続ける、あの人のように。

自分だって、この大嫌いな〝力〟で、誰かを助けることができるのではないか？

たとえば。

（今、私を守るために、必死に戦ってくれているあの人を、この〝力〟で……でも、それは……ッ！）

恐い。恐ろしい。

この〝力〟は……手で、相手に直接触れなければならない。

つまり、今、殺し合っているグレンとカリッサの、あの場所に割って入らなければならない。

恐い。恐い。恐ろしい。

息をするように血が散華し、殺意と殺意がぶつかるあの空間は異次元だ。

そんな世界に、僅か十三歳の少女がどうして割って入れよう？

だけど——

（大好きな魔術を大嫌いになりながら……本当は人殺しなんかしたくないのに、誰かを守るために人を殺す……そんな哀しくて優しいあの人を……死なせたくない……ッ！）

戦うグレンの背中が、ルミアに勇気を与えた。

厳然と何かに立ち向かうその姿が、ルミアの背を押した。

今まで、己が不幸を嘆くばかりで、周囲に当たり散らし、現実から逃げ続け、自分で何一つ戦うことをしなかった少女が。

今、自ら戦いに挑む。

精一杯の勇気を振り絞って、立ち向かう。

恐らくは――自分のために。これから自分が生きるために。

そして――何よりも、あの優しい人殺し――グレンのために。

「……ぁ、ああ……あ、あああ……ッ！」

少しずつ、少しずつ……心の奥底からなけなしの勇気を振り絞って……それを燃やす。

恐怖と絶望で凝り固まった身体を動かす動力源とする。

ルミアは、荒い息を吐きながら、ゆっくりと立ち上がり……

ぎゅっと目を瞑(つぶ)って……

「ぁあああああああああああああああああ――ッ！」

腹の底から叫びながら、グレンへ向かって一直線に駆ける――

「──ガハッ⁉」
カリッサの槍のような貫手が、グレンの腹部に刺さる。
げほぉと盛大に血を吐くグレン。
咄嗟に飛び下がろうとするも、ついに足がもつれてしまっていた。
膝に力が入らず、防御と体勢が崩れ、敵前で致命的な隙を晒してしまう。
そして、そんなグレンの隙を見逃すカリッサではない。
「終わりだッ！　死ねぇえええええッ！」
カリッサの右上段回し蹴りが、鞭のように唸ってグレンの首へと迫ってきた。
「──ッ⁉」
グレンは迫り来るカリッサの蹴り足を刮目する。
これは──終わった。そう直感した。
魔力がほぼ完全に底を尽き、グレンの身体能力強化術式の出力は、ほとんど0だ。
この状態で、魔力が漲るカリッサの蹴りを貰えば……首が千切れ飛ぶ。
防御・回避しようにも……もう腕は上がらない。身体がまったく言うことをきかない。
死が迫る。カリッサの脚が死神の鎌となって──迫る。
（……くそ……ッ！　これまでか……ッ！　す、すまねえ……）

誰へともなく、グレンが謝罪の言葉を思い浮かべていた……その時だった。

どんっ！

不意に横合いから、何者かに体当たりされて、グレンの体勢がさらに崩れた。

「——ッ⁉」

だが、その衝撃で、グレンの身体が揺れ、カリッサの上段蹴りが辛うじて逸れる。

「な……ッ⁉」

グレンが脇を見れば……そこにいたのは、ルミアだ。

ルミアが、グレンを突き飛ばしていたのだ。

（こ、こいつ……何やって……ッ⁉）

グレンの総身を、ぞくりと寒気が走る。

今の瞬間、一歩間違えば死んでいたのはルミアだ。カリッサの蹴りにほんの少し触れただけで、何の魔術的防御もないルミアの華奢な身体はバラバラだったのだ。

それなのに、ルミアはグレンを助けるために、この恐ろしい死界に踏み込んだのだ。

だが——そこまでだ。

ルミアは勢い余って地に転がり……グレンは最早、復帰不可能なまでに体勢を崩してしまっている。

カリッサも蹴りを外したものの、冷静にその勢いを利用してさらに回転し——軸足を交換、続く旋風のような左上段裏回し蹴りを、グレンへと放ってくる。

(くそ……クソぉおおおおお——ッ⁉)

これは——今度こそ、かわせない。

もうどうやったって、かわせない。どうしようもない。

ルミアの決死の覚悟も、結局、終焉がほんの一瞬、先に伸びただけだった。

さしものグレンも全てを諦めて……死の旋風を受け入れようと身を硬くしていると。

……ふと、気付く。

(なんだ?)

遅いのだ。

いつまで経っても、死の旋風がグレンの首をスッ飛ばさない。

グレンが恐る恐る、周囲の様子を確認すると……

(……は?)

カリッサが左上段裏回し蹴りの、左の蹴り足を跳ね上げかけている姿が目に入った。

だが……それは一体、何の冗談なのだろうか?

カリッサの動作が……酷く緩慢だ。

のろのろと。まるで演舞型でもやっているような遅さで、蹴り足を振り上げている。

（……？）

当然、グレンは落ち着いてゆっくり体勢を立て直し……それを仰け反ってかわす。

目の前を、ゆっくりと通り過ぎていくカリッサの蹴り足。

「……ッ⁉」

途端、カリッサは表情をゆっくりと驚愕の形に歪め……だが、それでも、グレンへ追撃の拳打や蹴撃を連続で繰り出していく。

しかし、その全てが遅い。遅すぎる。

まるでねっとりと絡みつく泥の中で手足を振るがごとく緩慢な動作。

当然、グレンは迫るカリッサの攻撃を……かわす……かわす……かわす。

ゆらりと首を振り、ふらりと身体を捌き、すいと拳で受け流す。

すると、カリッサはますます信じられないという表情に顔を歪めていった。

（何か変だ……）

そう感じたグレンは、ふと自身の異変に気付いた。

身体が軽い。先ほどまでの身体の重さが嘘のようだ。

そして、自身の身体に巡る魔力が圧倒的に賦活し、漲っている。

その魔力の質と量は、グレン本来のものとは桁違いだ。

こんなに活性化した凄(すさ)まじい魔力は今まで経験したことがない。子供の頃から魔力容量(キャパシティ)に恵まれなかったグレンにとっては、恐怖にも近い未知の領域の感覚だ。

だが、そのおかげで、自身の身体能力強化術式がかつてないほどに励起している。術式が圧倒的に賦活された魔力で半ば暴走気味にぶん回り、経験したこともない出力を発揮している。グレンの全身に力が張り、感覚が鋭敏化している。

有り体に言えば……グレンはかつてない絶好調だった。

つまり、カリッサが遅くなったのではなく——

(俺が……速いのか？)

なぜ、この土壇場(どたんば)でそんな奇跡のような現象が起きたかは、まったくわからない。

だが、間違いなくこれだけは言える。

(今の俺なら……コイツに勝てる。ルミアを……守れる！)

理由や原因の詮索は後回し。

今は、ただ——為(な)すべき事を為す。

「うおおおおおおおおおおおおおお——ッ！」

グレンは、ゆっくりと緩慢に殴りかかってくるカリッサへと、一歩鋭く踏み込む。

繰り出されてくるカリッサの拳を極限まで引きつけ――上から被せるように右ストレートを放つ。

交差する腕と腕。

カリッサの拳はグレンの右頬を切り裂くが……

グレンの拳は、カリッサの頭部を真芯から捉えていた。

「――がっ⁉」

完璧な手応えに上がるカリッサの悲鳴。

これ以上ないほど、芸術的かつ殺人的なクロス・カウンター。

ばきり。

カリッサの頸椎が完全に破壊される感覚が、グレンの拳に伝わってくる。

「――ぉおおおおおああああああああああああああああ――ッ！」

さらに一歩踏み込んで……グレンは拳を振り抜ききる。

それと同時に。

この謎のボーナスタイムは終了したらしい。

緩慢な時の流れが、何もかも激流のごとく置き去りに突っ走るグレンの意識の加速が
……元の正常なものに戻る。

「～～～～～～～～～～ッ⁉」

途端、後方へ縦回転で吹き飛んでいくカリッサの身体。何度も何度も地面を派手にバウンドし、打ち捨てられた人形のように転がっていく。

ようやく、その勢いが止まった時は。

カリッサは……とっくにこと切れていた。

わざわざ確認するまでもない。首があらぬ方向へ曲がっている。完全に即死だ。

カリッサのその死に顔には、〝今、何が起きたのかさっぱりわからない〟……そんな驚愕の感情がありありと浮かんだまま。

悪党の末路らしい、実に哀れな表情であり、つまらない死に様であった。

「はぁ……ッ！　はぁ……ッ！　はぁー……ッ！」

グレンが荒い息を吐いて、カリッサの死を確認する。

やがて、警戒を解き、グレンはルミアを振り向いた。

「…………」

地面に倒れ伏すルミアは……気を失っていた。

当然だ。あんな死地に踏み込んだのだ。つい気が緩んでしまうのも無理はない。

「……今のは……お前の力……なのか……？」

あの一瞬、ルミアが何かをしたらしい。それはわかる。

だが、一体、何をしたのかがわからない。

少なくとも魔術ではない。あの場の魔術はグレンの固有魔術(オリジナル)によって封殺されていたのだ。

ならば、あの現象は一体、なんだったのか？

それを問い質(ただ)そうにも、ルミアは気を失っていて、今起こすのははばかられる。

グレンは、女王陛下からこの任務を受けた際、ルミアの裏の事情については何一つ聞かされていない。最高機密(トップ・シークレット)だったのだ。

だが、今のグレンには一つだけ、なんとなく心当たりがあった。

「……お前……まさか、ひょっとして……？」

恐らく、その〝力〟こそが、ルミアが王家から追放された原因なのだろう。

しかし……これ以上の詮索はやめた。何もかも無粋だ。

救われたのだから、それでいい。〝力〟の性質など問う必要はない。

それよりも……まだ終わっていないのだから。

「……ありがとうな」

眠るルミアにそうお礼を言って。

グレンはルミアを背負って、またゆっくりと歩き始めるのであった。

——。

——。


「まったく……お前は本当に、後先考えなしだな」

「あ⁉ しゃーねえだろ、あんな状況ッ⁉ 誰だってそうするだろ⁉」

「まぁまぁ、二人とも。無事に助けることができたんだから、喧嘩しないで。ね？」

真っ暗闇なルミアの意識の隅を、誰かの会話がくすぐる。

「……ん……？」

ルミアの意識がゆっくりと浮上していく。

やけに重たい瞼を少しだけ開くと。

いつの間にか、樹海を抜けていた。

そこは、どこかの小高い丘の上。

周囲一帯に広漠たる草原の彼方に、日が顔を覗かせ、薄暗い闇を祓っている。

黎明。今、ようやく長い夜が明けたのだ。

（わ、私は……？）

見れば、自分はグレンの背中に背負われている。

そして、グレンの前に二人の男女が佇んでいた。

長髪の青年と、白い髪の女性。

二人とも、グレンと似たような魔導士礼服に身を包んでいる。

ちょうど、朝日の眩い逆光のため、その二人の顔は濃い影となり、目の眩んだルミアの位置からはよく見えない。

「あ。その子、起きたみたいだよ？」

白い髪の女性が、ルミアの覚醒に気付き、穏やかに微笑んだ……気がした。

「安心しろ。警戒しなくていい。俺達はお前を助けに来たのだ」

長髪の青年も、そうぶっきらぼうに言うが。

「けっ！　今回ばっかりは、お前ら何の役にも立たなかったがな！」

自分を背負うグレンが、そんな風に皮肉たっぷりに言う。

だが、グレンの言葉にはどこか気安さを感じる。その男女に対する信頼感がありありと感じられる。

ゆえに、この人達は悪い人じゃない……ルミアは理屈抜きにそう信じられた。

「ま、よく頑張ったよ、お前。偉いぞ」

グレンが手を回し、背中のルミアの頭を撫でる。

「お前のおかげで助かった。結局、助けるつもりが助けられちまったな。不甲斐ないぜ」

「……そ、そんな……私は……ただ……」

「もう大丈夫だ。すぐにお家に返してやる。なんか色々複雑みてえだけどさ……お前ならやっていけるさ。だって、あんな恐え敵に、お前、立ち向かったじゃねえか。俺を助けてくれたじゃねえか。……そんなお前に、今さら恐いもんなんかねえだろ?」

「……ぅ……ぁ……」

違う、とルミアは思った。

私は、本当に弱くて臆病なのだ。

だけど、あなたがいたから。

グレンがいたから――立ち向かえた。

私は、あなたに、何かに立ち向かう勇気をもらったのだ。

「……わ、私……私……」

「大丈夫だ。俺がお前と関わるのはこれっきりだ。約束通り、もう二度と、お前の前には姿を現さねえ。……本当に恐い目に遭わせちまって、ごめんな……」

違う。違う。違う。

そんな哀しいこと言わないで。

あなたは、本当は優しい人だ。誰よりも優しい人だ。

守ってくれた。勇気づけてくれた。ボロボロになっても。

自分の苦しみを背負って、辛くて歯を食いしばって、それでも誰かのために、人知れず戦うあなたを、優しい人、強い人という以外になんと評すればいい？

「だから、後、もう少し……休んでおけ」

グレンがルミアの頭を撫でながら、ぼそぼそと小さく呟く。

それも何かの魔術の呪文だったらしい。

ルミアを、不自然なまでに猛烈な睡魔が再び襲う。

意識を根こそぎ刈り取るような暴力的な睡魔に、もう瞼を開いていられない。

あっという間に、ルミアの意識が遠くなっていく……

「もう一眠りして……そして、再び目を覚ました時は……元通りだ。新しい家は、まだ辛いかもしれないけど……がんばれ。お前なら大丈夫だ」

待って。

お願い、待って。

色々伝えたいことがたくさんある。

話したいことがたくさんあるのに。

あなたは……あなたは……

…………。

「……ぁ」

ふと、ルミアは気付く。

あなたは、本当は優しい人なんだとか。

人殺しなんて言って、ごめんなさいとか。

そんなことより……もっと、もっと、肝心な真っ先に言わなければならない、大事な言葉があったではないか。

即ち──

〝ありが、と、う〟

遠のく意識の中。

ルミアは、なんとか必死に口を動かして……言葉を紡ごうとする。

だが……紡げなかった。無理だった。
猛烈な睡魔が、ルミアの意識を彼方(かなた)の果てへと連れて行く。
そして。
それっきり。
その人は――私は――
――。
――。
――。
それから――三年の時が流れた。
――。

「《天使の施しあれ》」

微かに朝もや立ち込める、フェジテの町の一角。

石畳の街路の脇に並ぶランプ式の街路灯のふもとにて。

アルザーノ帝国魔術学院の制服姿のルミアが、老人の手を取り、呪文を呟いていた。

すると、ルミアの手が発光し、怪我していた老人の手が、みるみるうちに癒されていく。

その様子を、老人は目を丸くして見つめている。

その後、ルミアは、老人が集めたゴミが入っている金属バケツに、やはり呪文で小さく火を点けてあげる。

穏やかに笑いながら、感謝の意を告げる老人。

ニコニコと笑ってそれを受け入れながら、ルミアは物思っていた。

（……うん、やっぱり、そう）

その時、ルミアの脳裏に走るのは、いつか自分を助けてくれた青年の姿だった。

（……勉強すればするほどわかる。魔術はとても恐ろしいもの。あの人が魔術を嫌いになってしまったのも無理はないと思う。でも、やっぱり魔術はそれだけじゃない……）

ルミアは、老人の笑顔を見つめながら思う。

（こうやって、誰かを助けることもできる。誰かを笑顔にすることもできる……）

なにせ、自分の呪われた〝力〟ですら、誰かを助けることができたのだ。

ならば、魔術だって、きっと同じだ。

だって、その証拠に――

「ルミア――っ！　遅くなってごめん――っ！」

その時、遠くから駆け足の音が近づいてくる。

ルミアが振り返れば、通りの向こうから、ルミアと同じ制服に身を包んだ銀髪の少女が、手を振りながら駆け寄って来ている。

ルミアは、その少女――システィーナに振り返る。

（だって、その証拠に……あの人のおかげで、今、私、こうして笑えているのだから）

そんなことを思うルミアの顔には。

向日葵（ひまわり）のような笑顔が、花咲いているのであった。


――――。


「もう、ルミアったら律儀（りちぎ）なんだから……先に行っててって言ったのに……」

「うう、そんな……お嬢様を置いて行ったら、しがない居候（いそうろう）に過ぎない私は、旦那様と奥様にお叱りを受けてしまいますわ……」

「馬鹿。冗談でもやめてよね、私達は家族なんだから」

「あはは、ごめん、システィ」

ルミアはシスティーナと並んで、アルザーノ帝国魔術学院への道を歩いていた。

そして、システィーナと他愛(たわい)ない会話のやり取りをしながら、意識の隅で、ルミアはぼんやりと考え事に耽(ふけ)る。

先ほど、思い出してしまったためだろうか。

脳裏に強く浮かぶのは、やはり三年前に出会ったあの人の姿だ。

今にも折れそうになりながらも、誰かのために必死に戦うあの人の姿──

(この三年間……やっぱり……あの人と会うことはなかった……)

当然だ。

あの人と、自分は住む世界が違うのだから。

自分達が当たり前のように享受しているこの暖かな日だまりの世界を守るために、あの人は日陰の世界で人知れず、身を擦り削って戦っていたのだから。

だから、なおのこと、二人の道が交錯することはない。

(でも……だからこそ……やっぱり、また会いたい……)

まだ、感謝を伝えていないのだ。

魔術に絶望し、魔術を嫌いになりながら、必死に戦っていたあの人。

あなたの歩む道は尊いものなんだと。とても意味のあることなんだと。

そう伝えたい。

あなたのおかげで、私は幸せになれたんだ、と。

だから、あなたが嫌いになった魔術を、ほんの少しだけでも許してあげて欲しい、と。

（あの人のおかげで、今の私がある……あの人が魔術を嫌いになりながら、必死に戦ってくれたおかげで、私は生きている……だったら……恩返しをしないと。

あの人が、大好きだった魔術を、少しでもまた好きになれるように……そんな優しい世界になるように……私は頑張らないと……）

自分達が生きる日向の世界。

あの人が生きる日陰の世界。

魔術が人を傷つけなくて済む、そんな優しい世界が、もし実現したら。

私と、あの人を隔てる境界線は――なくなる。

それは、恐らく魔術が真の意味で人の力となった世界なのだろう。

どうしたらそんな世界ができるのか、今はまだ分からないけど。今はまだ魔術をよく知るために頑張って勉強するしかないけど。

もし、そんな日がやって来たら。そうしたら——

（……また、あの人と会える日が来るかもしれない。あの人に、あの時、言えなかった感謝の言葉を伝えられる日がやって来るかもしれない……だから……）

そんなことを考えながら。

ルミアは、ふと苦笑いをした。

（あはは……ロマンチストだなぁ、私……）

なんだか、一人で勝手に舞い上がって、急に気恥ずかしくなってくる。

（あの人、大丈夫かな？　今、どうしているのかな？　今、どこにいるんだろう……？）

不安はある。

それを考えなかった日は、この三年間、一度たりともない。

なにせ、あの人は、あのような危険な日陰の世界で戦っている人なのだ。

ひょっとしたら、あの人は、もう……どこか、誰も知らない場所で……

（……駄目だね、弱気になっちゃ）

嫌な想像を振り払い、ルミアが力強く頷く。

（あの人は絶対に負けない。私だって負けない。……私が勝手に弱気になっちゃ、私を命がけで救ったあの人に申し訳ないよ。うん、今日も一日、頑張らないと！）

心の中で、少し弱気になりかける自分の心を叱咤し。

ルミアは、自分の隣で自分達の担任講師が最近、辞めてしまったことを嘆いているシスティーナへ、内心を誤魔化すように話題を振った。

「あ、そうそう、システィ。話は変わるけど、今日、代わりの人が非常勤講師としてやって来るみたいだよ？」

「……知ってるわ」

いかにも興味なさそうに応じるシスティーナ。

「せめてヒューイ先生の半分くらいは良い授業してくれるといいんだけど」

「そうだよね。ヒューイ先生の授業に慣れちゃうと、他の講師の方の授業じゃちょっと物足りない気がするよね」

そんな風に。

ルミアとシスティーナが話していた……その時だった。

「うぉおおおおおおお!? 遅刻、遅刻ぅうううううううううッ!?」

目を血走らせ、修羅のような表情で口にパンをくわえた不審極まりない男が、右手の通路から二人を目掛けて猛然と走って来たのだ。

「……え？」

振り返ったルミアが、目を見開く。

その表情が、みるみるうちに驚愕に染まっていく。

（う、嘘……あの人は……）

だって。

間違いない。

朝日の逆光で少々見えにくいが、あの顔は。

こちらに向かって突進してくる、懐かしいあの人は――

「お、《大いなる風よ》――ッ！」

激突の手前で、隣のシスティーナが唱えた呪文が、男を空へ舞わせる。

「あれ――ッ⁉　俺、空飛んでるよ――ッ⁉」

情けない悲鳴を上げながら、天高く跳んでいく、男。

そんなコントや冗談みたいな光景を見上げながら。

ルミアは懐かしむように目を細め……穏やかに微笑む。

そして、誰も聞こえないような声で、密かにボソリと呟くのであった。

「……また……会えましたね……」

ばしゃーんっ！

そんなルミアの呟きは、男が噴水池に盛大に落ちる音にかき消されるのであった。

——こうして。

別たれた道は再び交錯する。

とあるロクでなしな魔術講師と、とある異能を持つ優しい女子生徒の、新たな物語の幕が上がるのであった——

あとがき

こんにちは、羊太郎です。

今回、短編集『ロクでなし魔術講師と追想日誌』第八巻、刊行の運びとなりました。

八巻かぁ……ちょっとした長編ラノベタイトル並の長さですねぇ。

ここまで続くのも、編集者並びに出版関係者の方々、そして本編『ロクでなし』を支持してくださった読者の皆様方のおかげ！　いつもいつもありがとうございます！

そして、相変わらず短編集は相変わらずお馬鹿で温い展開山盛りです。やっぱり、笑いあり、涙あり、熱血ありが『ロクでなし』だと思うので、本編と短編含めて、色んな人に楽しんでいただければなと思っています。

それでは、今回も各短編の解説をダラダラとやっていきまーす。

○もしもいつかの新婚生活

ルミアメイン回ですね。ひたすら甘い展開です。

ご存じの通り、僕は熱血展開やバトルのほうが得意なので、こういう甘い話は書いてて くすぐったいのですが、砂糖吐きながら頑張りました！

おかげで虫歯になりそうです！　助けてくださいっ！

ちなみに、ルミアの恋愛に対する積極性が、ロクでなし本編一巻から十巻くらいまでの頃と比較して大きく変化しているのは、つまりそういうことです。

様々な経験を経て、皆、少しずつ成長し、変化していくんですねぇ、としみじみ。

○キノコ狩りの黙示録
なかなか短編でも珍しい、グレン先生とハーなんとか先輩のお話。

改めて見ると、グレンとハーなんとか先輩って、まったく正反対のタイプの魔術師なんですよね。だから、表面上は二人は相性最悪同士でいがみ合ってばかりですが、いざという時に手を組むと、互いに足りないものを補い合って、凄いことになる。

ただ、根っからいがみ合っていては、手を取り合うことは決してないので、なんだかんだで、グレンもハーなんとか先輩も、腹の底では互いの力を認め合っているのだと思います。

　ところで……このグレンの先輩講師の名前が思い出せないッ！　なぜだ⁉

○貴女に捧ぐ物語

　システィーナメイン回。

　実は、システィーナは趣味で小説を書いているという設定が、特典用SSやドラマガ特集記事上にございまして、それはいままで本編や短編ではほとんど反映されていなかったのですが、ついにそのネタに触れてしまいました。

　ただ、この話の中でシスティーナの文才のなさを面白おかしく書いてはいますが、これはそのまま僕自身にもダメージが入る諸刃の剣なんですよね……そりゃもう……僕だって小説書き始めの頃は……ゴフッ（吐血）。

　ちなみに、僕が最初にファンタジア大賞に投稿した作品の評価シートは――ぁあああああああああああああ――ッ！（ビリビリベリベリーッ！

○魔導探偵ロザリーの事件簿・虚栄編

　意外としぶとく続く、魔導探偵ロザリーシリーズ。

　この一発キャラがここまで引っ張られるとは僕も予想外。ロザリーって、無能オブザ無能なんですけど、作者として動かしていて楽しいんですよねー。

なんだか、ロザリーが絡むと、システィーナやリィエルも含め、周囲の人間達が須く無能のポンコツキャラと化すので、ロザリーはこう無能を周囲に伝播させる特異点的な何かなキャラなのでしょう。

相変わらず運だけの女。彼女の奇跡は一体、どこまで続くのか——？

○再び会うその日まで
今回の書き下ろし短編。

ついにこの話を書いてしまったか——本編ロクでなし一巻の前日譚、ロクでなしの全ての始まりの物語とも呼べる、三年前のグレンとルミアの出会いのお話です。

この話を読んでから、また一巻の最初のシーンを読み返すと実に感慨深い。ああ、この子、こんなことを考えていたんだ……って、何気ないシーンややり取りにまた違った味わいが読み取れるようになると思います。僕、こういうの好きなんですよねぇ。

しかし、こうして改めてグレンの特務分室時代の活躍を描いて思ったことは……グレンって、やっぱ強いんだなー。話の展開上仕方ないこととはいえ、今回、結構とんでもないことやってますね（笑）。三流のクソ雑魚ナメクジという設定は一体、どこへ（笑）。

今回のところは以上でしょうか。

後は、お知らせなんですが、僕の新作『古き掟の魔法騎士』第一巻、ついに発売となりました！　売れ行きが好調だったため、なんと嬉しいことに早くもコミカライズも決定いたしました！　もし、まだ、『ロクでなし』ファンで読んでない方がいらっしゃいましたら、この機会に是非『古き掟の魔法騎士』も手にとってみてください！　きっと、気に入っていただけると思います！

他にも、ゲーム『ファンタジア・リビルド』では『ロクでなし』も参戦、ゲームキャラとして動くグレン達を見ることができますし、羊節がたっぷり効いた熱いストーリーを楽しむこともできますので、こちらも是非。

さらには、なんと『ロクでなし』の画集発売まで決定致しました！　こちらは追って情報を伝えますので、ファンの方は楽しみに待っていてください！

まだまだ、色々と続いて広がっていく『ロクでなし』ワールド。読者の皆様に支えられて、ここまでやってくることができました。

どうか、これからも変わらず『ロクでなし』をよろしくお願いします！　羊も全力で頑張ります！

近況・生存報告などはtwitterでやっていますので、応援メッセージなど頂けると、羊は大喜びで頑張ります。ユーザー名は『@Taro_hituji』です。

それでは！

羊太郎

初出

もしもいつかの結婚生活
The Married Life of Another Time
ドラゴンマガジン2020年7月号

キノコ狩りの黙示録
The Mushroom Hunt Apocalypse
ドラゴンマガジン2019年11月号

貴女に捧ぐ物語
A Story Dedicated to You
ドラゴンマガジン2020年1月号

魔導探偵ロザリーの事件簿・虚栄編
Sorcerous Detective Rosary's Case Files: The Tale of Vanity
ドラゴンマガジン2020年3月号

再び会うその日まで
Until the Day We Meet Again
書き下ろし

Memory records of bastard
magic instructor

お便りはこちらまで

〒一〇二−八一七七
ファンタジア文庫編集部気付
羊太郎（様）宛
三嶋くろね（様）宛

ロクでなし魔術講師と追想日誌8

令和３年３月20日　初版発行
令和６年10月25日　再版発行

著者――羊　太郎

発行者――山下直久
発　行――株式会社KADOKAWA
〒102-8177
東京都千代田区富士見2-13-3
0570-002-301（ナビダイヤル）
印刷所――株式会社KADOKAWA
製本所――株式会社KADOKAWA

ISBN978-4-04-073739-3 C0193 

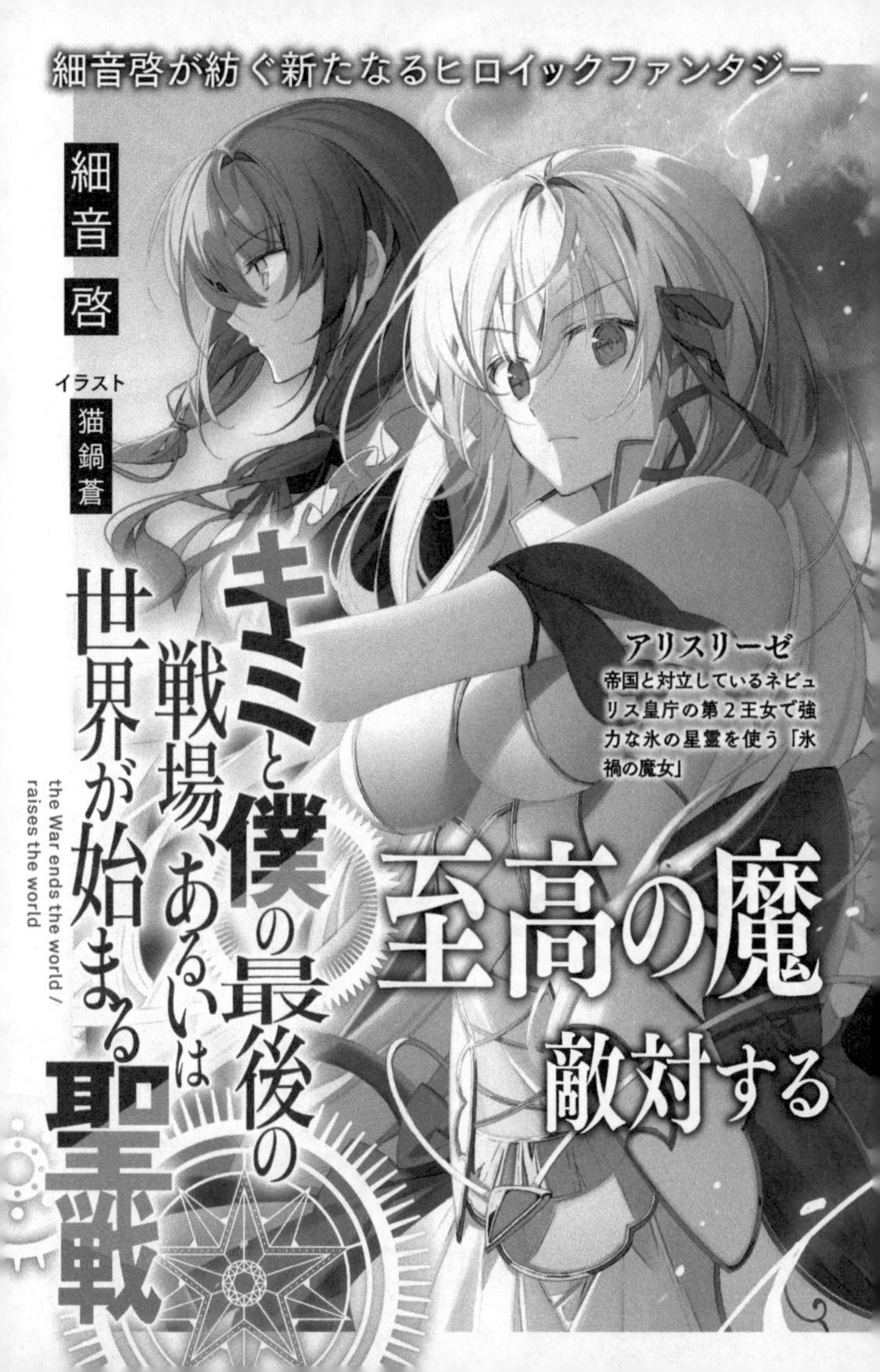
細音啓が紡ぐ新たなるヒロイックファンタジー
細音啓
イラスト 猫鍋蒼
キミと僕の最後の戦場、あるいは世界が始まる聖戦
the War ends the world / raises the world
至高の魔
敵対する
アリスリーゼ
帝国と対立しているネビュリス皇庁の第２王女で強力な氷の星霊を使う「氷禍の魔女」

WEBで圧倒的人気の
剣戟無双ファンタジー！
その剣
つるぎ

STORY

周囲から『落第剣士』と蔑まれる少年アレン。彼はある日、剣術学院退学を賭けて同級生の天才剣士と決闘することになってしまう。勝ち目のない戦いに絶望する中、偶然アレンが手にしたのは『一億年ボタン』。それは「押せば一億年間、時の世界へ囚われる」呪われたボタンだった!?　しかし、それを逆手に取った彼は一億年ボタンを連打し、十数億年もの修業の果て、極限の剣技を身に付けていき――。最強の力を手にした落第剣士は今、世界へその名を轟かせる!

十数億年の重み

ファンタジア文庫

アード

元·最強の《魔王》さま。その強さ故に孤独となってしまった。只の村人に転生し、友だちを求めることになるのだが……？

ジニー

いじめられっ子のサキュバス。救世主のように助けてくれたアードのことを慕い、彼のハーレムを作ると宣言して!?

正義感あふれるエルフの少女（ちょっと負けず嫌い）。友達一号のアードを、いつも子犬のように追いかけている

神話に名を刻む史上最強の大魔王、ヴァルヴァトス。
王としての人生をやり尽くした彼は、平凡な人生に憧れ、
数千年後、村人·アードへと転生するのだが……
魔法の力が劣化した現代では、手加減しても、アードは規格外極まる存在で!?　噂は広まり、　嫁にしてほしいと言い寄ってくる女、次代の王へと担ぎ上げようとする王族、果ては命を狙う元配下が学園に押し掛けてくるのだが、
そんな連中を一蹴し、大魔王は己の道を邁進する……！

ファンタジア文庫
すべてを蹂躙（じゅうりん）する。
史上最強の大魔王、村人Aに転生する
The Greatest Maou Is Reborned To Get Friends
下等妙人
イラスト／水野早桜
シリーズ好評発売中!

この少年
すべてが
天上優夜（てんじょうゆうや）
異世界で
レベルアップした結果、
最強の身体能力を
手に入れた少年
シリーズ好評発売中！

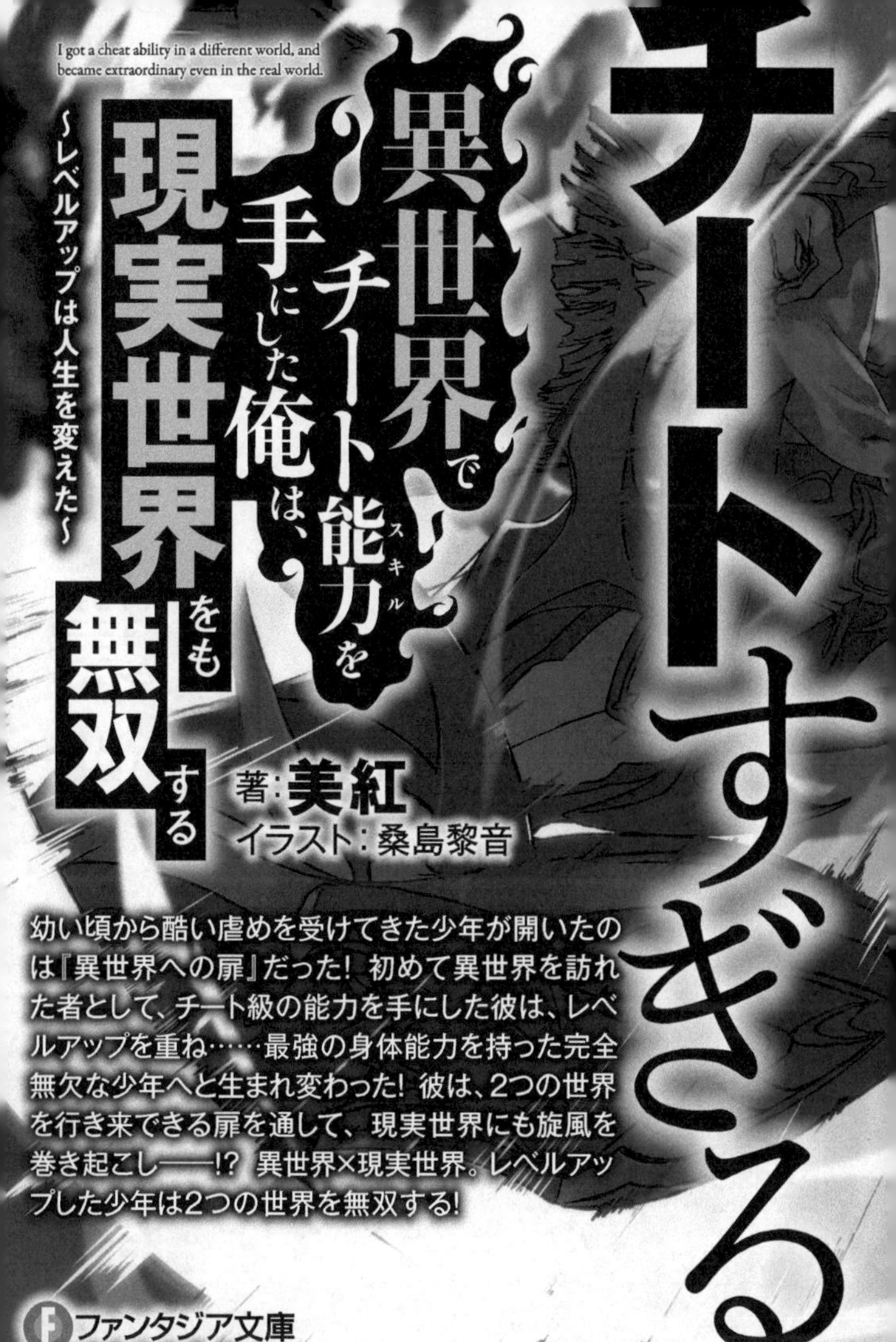

幼い頃から酷い虐めを受けてきた少年が開いたのは『異世界への扉』だった! 初めて異世界を訪れた者として、チート級の能力を手にした彼は、レベルアップを重ね……最強の身体能力を持った完全無欠な少年へと生まれ変わった! 彼は、2つの世界を行き来できる扉を通して、現実世界にも旋風を巻き起こし——!? 異世界×現実世界。レベルアップした少年は2つの世界を無双する!